红色家书：致我的父母

张 丁 编著

红旗出版社

致读者（代序）

党的二十大报告明确提出，要"弘扬中华传统美德，加强家庭家教家风建设"，生动展现革命精神的红色家书正是新时代家风教育的最佳范本。

当历史的指针拨回20世纪初至20世纪中叶，列强环伺，山河破碎，中华民族在苦难中挣扎。就在这片被黑暗笼罩的土地上，无数革命志士挺身而出。他们以信仰为灯，以热血为焰，不惜以自己的生命为代价照亮民族前行的道路。

"一寸丹心图报国，两行清泪为思亲。"血与火交织的岁月中，一封封家书寄托着革命志士们的思念，从残酷战斗的间隙中寄出，从条件艰苦的驻地中寄出，跨越千山万水，寄向远方的父母。薄薄的信笺是人们在战火纷飞中寄托思念的一片净土，凝聚了写信者最纯净、深厚、不设防的情感。

去年，红旗出版社出版的《红色家书：致我的孩子》与读者见面后，取得了很好的反响。很多读者表示，他们不仅感动于革命先辈为国为民、无私奉献的伟大精神，同时也因家书这一特殊的载体，拉近了自己与原本只在课本中接触过的许多名字的距离。此次呈现在读者面前的这部《红色家书：致我的父母》，作为《红色家书：致我的孩子》的姊妹篇，作者张丁秉承前作"优中选优"的原则，精选了俞秀松、左权、黄继光等革命志士写给父母的22封珍贵家书，从为人子女的拳拳之心到热血报国的一片赤诚，为读者展现家书背后的感人故事。这些家书是情感交流的纽带，文字真挚动人，令一位位遥远而又亲切的历史人物变得真实可感、有血有肉；这些家书更是一段浓缩的革命史，是共产党人初心与使命的生动写照，是传承红色基因的鲜活教材。

在许英的信中，开篇便是一句热烈而饱含深情的"母亲：我想你！"他在信中想象着自己多年未能归家，母亲那煎熬的心情："十年来，我想着那出门在外，远不知天边的山儿（许英原名许彭山），我眼里含满了泪……"而少康在朝鲜战场上利用战斗间隙，用优美动人的语言向父母描绘着自己所见的景象，他写道："山中的树都已落尽了最后的几株叶，秃了的落叶松（杉松）耸天而立着，笔直的躯干翘拔的插向天空，好像愤怒的和平人民向侵略者做决死的斗争……小松鼠从洞中溜出来，以敏捷的动作在东张西望的找食物。月亮正隐在云端里……就在这可爱的月夜，我来怀念着爸爸妈妈。"

这些沉甸甸的思念如今透过《红色家书：致我的父母》，得以跨越时空与读者相遇，让我们触摸到那一个个可亲可爱灵魂。

在这些文字间，有着催人奋发的昂扬斗志与进步思想。韩雅兰曾遭遇感情上的挫折，但她并未被短暂的消沉击垮，反而点燃了追求进步、为更多人谋求幸福的热情，她充满激情地向父亲诉说自己的理想："儿要为改造不合理的社会而奋斗，为后来女子求幸福，也要和男人一样为国家民族求解放，作一点有意义的事业。"这种觉悟与大爱在今天依然值得每一个人学习。在很多封家书中，我们不仅能看到革命志士自身有进步的思想，还能看到他们积极带动、引导身边的人进步。从小便热爱读书的李骝先投身革命后，理想信念更加坚定了，在写给父亲的家书中他表示，希望父亲做到"换脑筋，学习新社会的理论，使思想不会落人之后。同时应站在革命军人家属的立场上，一切为穷苦的劳苦大众作想"，这无疑是家风教育的生动范本。

最重要的是，这些家书的字里行间充溢着革命志士舍生忘死、忠诚无畏、甘于奉献的爱国精神。在左权写给母亲的书信末尾，寥寥数语："母亲！你好吗？家里的人都好吗？我时刻记念着！"饱含着一个儿子对母亲深深的牵挂。而同样是这封书信中，他这样写道："……我全军将士，都有一个决心：为了民族国家的利益，过去没有一个铜片，现在仍然是没有一个铜片，准备将来也不要一个铜片；过去吃过草，准备还吃草。"黄继光在给母亲的书信中同样表明了自己的决心："……为了全祖国、家中人等过着幸福日子，男有决心在战斗中坚持为人民服务，不立功不下战场。"他们用生命践行的誓言铿锵有力，犹如万钧雷霆，撕开了笼罩在中国上空的无边阴云。

通过阅读这些书信，读者便能理解，书写者的信仰之所以如此坚定，是因为其深深扎根于对亲人、对家乡、对祖国的热爱之中。如今，那个积贫积弱的中国在无数革命者的托举下早已涅槃重生，正走在实现中华民族伟大复兴的征程上，但仍时刻面临着各种风险与挑战，而这一封封书信中体现的爱国主义精神、艰苦奋斗精神、无私奉献精神，至今依然具有强大的生命力，给了我们无畏前行的勇气与力量。

本书以图文并茂的形式编排，为读者呈现了家书原件的珍贵照片；同时，作者精心撰写了人物简介、历史背景等文字内容，两者的有机结合，让读者能够更加全面、深入地了解家书背后的故事。每一张照片、每一段文字，都在诉说着那段波澜壮阔的历史，都在传递着不能忘却、不能失落的红色精神。希望每一位读者在翻开这本书时，都能在与革命志士们跨越时空的对话中，汲取成长的力量，让红色基因代代相传，让革命精神永放光芒。

红旗出版社编辑部
2025 年 5 月 21 日

目录 CONTENTS

我要救中国最大多数的劳苦群众
——1923 年 1 月 10 日俞秀松致父母 / 1

儿生性与人不同，最憎恶的是名与利
——1924 年 5 月 8 日邓恩铭致父亲邓国琮 / 7

我们是最公正无私的人
——1929 年 12 月 22 日高文华致父亲 / 13

热河边境已失去一大块地，中国前途极为危险
——1932 年 10 月 3 日周平民、周健民致父母 / 19

为国家民族求解放
——1937 年 4 月 18 日韩雅兰致父母（节选）/ 25

我们决心与华北人民共艰苦、共生死
——1937 年 12 月 3 日左权致母亲 / 31

我们都是人民的子弟兵
——1946 年 3 月 13 日王墉致母亲 / 39

军民正在积极做自卫战斗的准备
——1946 年 6 月 23 日冯庭楷致父母（节选）/ 45

为了母亲、弟弟的永远解放
——1948 年 8 月 20 日许英致母亲 / 51

我的文化比前大大提高了
　　——1948年11月20日陈鸿汉致父母 / 57

全国光明的日子就会来临
　　——1949年1月24日罗士杰致父亲和弟弟妹妹 / 63

没入党也是共产党领导的战士
　　——1949年3月3日郭天栋致父母 / 69

我离开你已经十二年
　　——1949年6月19日钟敬之致母亲 / 75

一切为穷苦的劳苦大众作想
　　——1950年2月2日李骝先致父亲 / 81

向西藏进军坐飞机，不是走路
　　——1950年2月10日齐子瑞致父母 / 87

到祖国最需要的地方去
　　——1951年1月17日区德济致父母（节选） / 93

青年人要找到光明前途
　　——1951年3月21日李征明致父母 / 101

祖国人民节衣缩食支援着我们
　　——1951年11月15日少康致父母 / 107

不立功不下战场
　　——1952年4月29日黄继光致母亲 / 115

未能想到我家能够照这样一张像
　　——1952年9月18日许玉成致父母 / 119

妈妈！我不是无情的人啊
　　——1953年2月1日黄海明致婆母 / 125

响应国家一切号召才是对的
　　——1955年1月7日李振华致父亲 / 131

我要救中国最大多数的劳苦群众
——1923年1月10日俞秀松致父母

俞秀松（1899—1939），原名寿松，字柏青，浙江诸暨人。中国共产党早期组织发起人之一、中国社会主义青年团（简称青年团）创始人。1916年考入浙江省立第一师范学校。五四运动时，俞秀松是杭州学生领袖，后与同学宣中华、施存统、夏衍等一起创办刊物《浙江新潮》，该刊物成为浙江新文化、新思想的一面旗帜。1920年他与陈独秀等发起成立上海共产主义小组，8月受陈独秀委托，组织青年团，任第一任书记。1922年8月，俞秀松以个人名义加入国民党，赴福州参加孙中山领导的讨伐陈炯明东征军，担任东路讨伐军总司令部参谋处一等书记官，是中国共产党最早参加军队与作战的军事工作先行者。

父母亲：

  十二月十六日寄来的信，于二十二日收到。军官讲习所大约不办了，因为广东现在内部非常纷乱，滇军桂军已集中肇庆，所以我们也积极准备进行，直驱羊城当非难事。我现在的职务是关于军事上的电报等事，对于军事知识很可得到。并且现在我自己正浏览各种军事书籍，将来也很足慰父亲的希望罢。父亲，我的志愿早已决定了：我之决志进军队是由于目睹各处工人被军阀无礼的压迫，我要救中国最大多数的劳苦群众，我不能不首先打倒劳苦群众的仇敌——其实是全中国人的仇敌——便是军阀。进军队学军事知识，就是打倒军阀的准备工作。这里面的同事大都抱着升官的目的，他们常常以此告人，再无别种抱负了！做官是现在人所最羡慕最希望的，其实做官是现在最容易的事，然而中国的国事便断送在这般人的手中！我将要率同我们最神圣最勇敢的赤卫军扫除这般祸国殃民的国妖！做官？我永不曾有这个念头！父亲也不至有这样希望我吧。

  我现在的身体比到此的时候更好了，每天起居饮食比上海更有秩序而且安宁。我自己极快乐，我的身体这样康强，精神上也颇觉自慰。我是最重视身体的人，知道身体不好是人生一桩最苦楚的事，社会上什么事更不用说干了。这一点尽可请父亲母亲放心。

  家中现在如何？我很记念。我所最挂心者还是这些弟妹不能个个受良好的教育，使好好一个人不能养成社会上有用的人——更想到比我弟妹的命运更不好的青年们，我不能不诅咒现在的社会制度杀人之残惨了！我在最近的将来恐还不能帮忙家中什么，这实在没法想呢。请你们暂且恕我，我将必定要总报答我最可爱的人类！我好，祝父、母亲和一切都好！

秀松
中华民国十二年一月十日
于福州布司埕

再者：我们总司令部已搬迁到前道尹公署，所以我们未出发前有信请寄福州布司埕总司令部参谋处便可。或者寄福州城守前私立职工学校内民社，陈任民先生转。陈是我到福州后新结交的同志，人很靠得住。当我出发时，必有信通知家中，勿念。

松 又及

俞秀松家书

在写给父母亲的家书中，俞秀松痛斥了反动军阀祸国殃民的行为，表达了参加军队、打倒军阀、"救中国最大多数的劳苦群众"的坚强决心。他十分鄙视同僚中热衷当官的陋习，坚决不与他们为伍。他希望弟弟妹妹能受到良好的教育，也能成为对社会有用的人。抛弃个人的荣辱，为大多数人谋利益，这就是一个共产党人的初心和使命。

1925年10月，俞秀松第二次赴苏俄学习，并担任中山大学学生会主席、党团书记。

1935年，联共（布）[1]中央派俞秀松等25人进入新疆，做督办盛世才的统战工作。在此期间，俞秀松化名王寿成，曾任新疆反帝联合会秘书长、新疆学院院长、省立一中校长等职，并主编《反帝战线》，为在新疆传播马克思主义的第一人。"力主以民族为形式，以马列主义为内容"，他发展新疆文化，并为此成立民族文化促进会；还倡导扩大新疆师范教育，从南疆招收几百名各民族学生，送入师范学校，并选派三批学生到苏联塔什干中亚大学学习。这批人后来多数成为新疆党、政领导人，其中有阿巴索克、赛福鼎等。

1937年5月，俞秀松（右三）与新疆民众反帝联合会成员在迪化城郊过组织生活时的合影

俞秀松

1937年12月，王明、康生从苏联回延安，途经新疆，借盛世才之手将俞秀松逮捕入狱。1938年6月，俞秀松被转押苏联；1939年2月21日，被苏联最高法院军事委员会错判死刑；1962年，被追认为烈士；1996年8月，俄联邦军事检察院为其彻底平反。

注释

1 联共（布）：全称为全联盟共产党（布尔什维克）。俄国共产党（布尔什维克）在1925年更名为全联盟共产党（布尔什维克）。

儿生性与人不同，
最憎恶的是名与利
——1924年5月8日邓恩铭致父亲邓国琮

邓恩铭

邓恩铭（1901—1931），原名邓恩明，字仲尧，曾化名黄伯云、丁友民、佑民、又铭、尧钦、建勋等。贵州荔波县人，水族。五四运动爆发后，他积极响应北京学生爱国运动，被选为学生自治会领导人。1920年底，邓恩铭与王尽美发起组织马克思学说研究会。1921年春，他又参与发起建立济南共产主义小组。同年7月，邓恩铭与王尽美代表济南共产主义小组，赴上海出席中国共产党第一次全国代表大会，他以20岁的年龄成为中共一大13名代表中最年轻，也是唯一的少数民族代表。

父亲大人：

不写信又三个月了，知双亲一定挂念，但儿又何尝不惦念双亲呢。儿一切很好，想双亲及祖母……均安康如常？

儿生性与人不同，最憎恶的是名与利，故有负双亲之期望，但所志既如此，亦无可如何。再婚姻事，已早将不能回去完婚之意直达王家。儿主张既定，决不更改，故同意与否，儿概不问，各行其是也。三爷与印寿[1]回南，儿本当同行，奈职务缠身，无法摆脱，故只好硬着心肠不回去。印寿如到荔，问他就知道儿一切情形了。儿明天回青岛，仍就原事。余后续禀，肃此敬请

福安并叩

祖母万福顺祝

阖家清吉

男 恩明 谨禀

五月八日

注释

1 印寿：邓恩铭二叔黄泽沛之子黄幼云，字印寿。

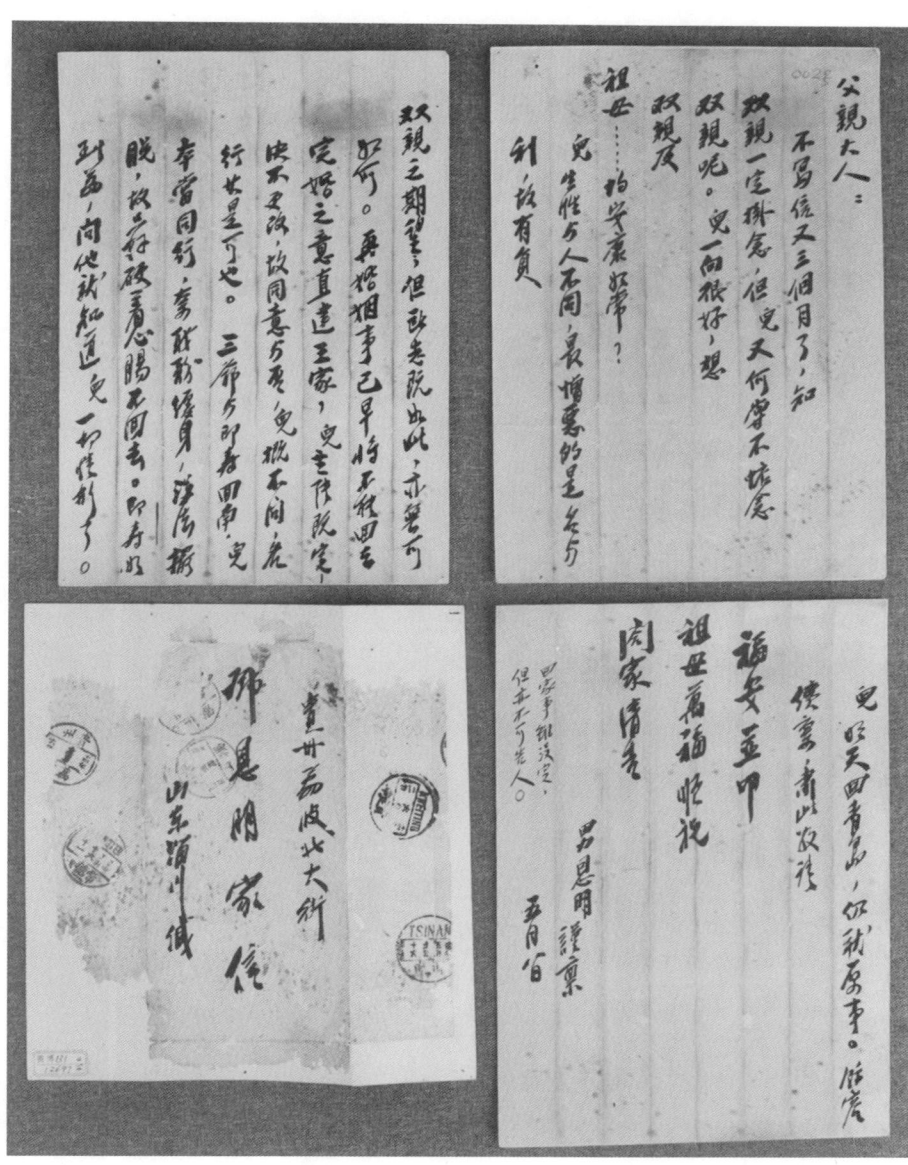

儿生性与人不同，最憎恶的是名与利

邓恩铭家书

中学时代的邓恩铭

　　1917年，邓恩铭离开贵州家乡，去山东投奔亲戚黄泽沛。正是由于黄泽沛的资助，邓恩铭才得以在济南读书，由此接触到进步思想。

　　国民革命时期，邓恩铭先后领导胶济铁路工人大罢工和青岛全市工人大罢工，组织成立青岛市各界联合会和市总工会。1925年11月，邓恩铭在济南被捕，遭受残酷折磨，得了肺结核病，后经地下党组织多方营救得以出狱。1927年4月，邓恩铭赴武汉出席中共第五次全国代表大会，回山东后，任中共山东省执行委员会书记。

　　1928年12月，由于叛徒告密，邓恩铭在济南被捕。1931年4月

5日凌晨，他被国民党军警枪杀于济南纬八路刑场，牺牲时年仅30岁。

这封家书是邓恩铭写给父亲邓国琮的，信中表达了对父母等家人的挂念和对世俗名利的憎恶。邓国琮以做豆腐、卖水、开中药铺、挂牌行医为业。1926年春，邓恩铭第二次被捕获保释出狱后，邓国琮曾从老家荔波千里迢迢赶到济南看望儿子。

邓恩铭自从1917年在山东求学、从事革命活动开始，直至1931年牺牲，一直奋斗在以山东为中心的这片热土上，前后14年一直没有回过贵州老家，直至献出了自己年轻而又宝贵的生命。

我们是最公正无私的人
——1929年12月22日高文华致父亲

高文华（1907—1931），江苏无锡人，化名程清，笔名高潮。1922年他考入南京东南大学附中；1925年考入黄埔军校第三期学习，参加讨伐军阀陈炯明的东征战役，并加入中国共产党；1926年参加北伐战争。北伐战争后期，高文华参与了秘密的反蒋活动。1927年3月，他离开军队回到无锡。"四一二"反革命政变后，转入农村，组织发动群众，从事农民运动。11月，任共青团无锡县委书记。1928年3月被捕，被关押在南京老虎桥江苏第一监狱。1931年7月16日病逝于狱中，时年24岁。

亲爱的父亲：

今天已是十二月二十一号，只有九天就要过年了。雪下的这样深，天气是这般的冷，在我倒不觉得什么，就困苦了家里了。我每每喜欢下雪，不是吗？雪景是多少〔么〕[1]美丽，银白的宇宙，咳！银白的屋，银白的天空，银白的地面；一切是白了，一切都闪闪的发亮了，就连那粪坑、秽堆都穿上了最光荣最洁白的雪了；虽然它的本身是那末糟，但是在我眼里却只看见一个整个的银白的宇宙了！因此，我是十二分的喜欢！喜欢这样的雪永远永远压盖着宇宙。父亲，你说我是怎样的回转到小孩一样的心地了。

父亲，我诚然很年青，我应该还是个小孩才好呀！但在过去偏偏又是老大得了不得，几乎什么都像八十岁的老公公了，我自己也总喜欢去学着老，总以老的为好的，老资格为光荣的事体；但现在转变了，我处处都想学着小孩子，学着她那种天真、自然的形状，我只觉得我应该请小孩子做我的先生呀！

父亲的身体如何？母亲的身体如何？我非常想念。我总希望母亲也能看穿些，快活些；不必兢兢于一切，不必过分忧愁忧思呀！这是一时的情形，这是一个必然的过程；做人不吃苦，人是不能称人的，我们也真像吃青果一样的有滋味，我们在辛涩的里面有甜味。我们虽然苦，但我们的良心没有受罪；我们虽然苦，我们依旧有我们至高无上的精神的愉快。总之，我们是真理的追求者，我们是最公正无私的人，我们是最快活的人呀！

十八年[2]过去了，这是一封十八年底的家信，照理应该将我这一年来的读书情形，心里的变动，环境的转化等等，详详细细的报告给父亲听听，但是，父亲啊！这又怎样报告起呢？父亲，我只有一句话告诉你："我竟将十八年荒废了去了。"我只有恳求你宽恕我的堕学，只有请你准许我的要求："给我在十九年里有一个自新努力读书的机会罢！"

再谈了，祝父亲母亲康健愉快，弟弟妹妹身体好！用功读书！并颂

新年快活！

儿子潮 上
1929.12.22

注释

1　家书原文中明显因笔误影响阅读处用〔〕更正，与现在用法不同但不影响阅读处保留原文用法，下同。

2　十八年：指中华民国十八年，公元1929年。

亲爱的父亲：——　　高字家书方式拾捌号

今天已是十二月二十一号，只有九天就要过年了。雪下的这样深，天气是这般的冷，但我倒不觉得什么，就回着了家里了。我每每喜欢下雪，不是吗？雪景是多少美丽，很白的宇宙，咳！很白的屋，很白的天空，很白的地面，一切是白了。一切都闪闪的发亮了，就连那粪坑，粪堆都穿上了最光荣最洁白的衣了，虽然他的本身是外表体，但是在我眼里却只看见一个整个的很白的宇宙了！因此，我是十二分的喜欢！喜欢这样的雪永远永远盖着宇宙。父亲，你说我是怎样的回顾到小孩一样的心地了。

父亲，我诚然很年青，我应该还是个小孩才好呀！但在这么却偏偏又是老大得了不得。无乎什么都像八十岁的老头出了，我自己也很喜欢去学着老德行着的好听的老资格为光荣的事件，但现在转变了，我屡屡都想学着小孩子，学着他那种天真，自然的形状，我只觉得我应该请小孩子站在我的先生呀！

父亲的身体如何？母亲的身体如何？我非常想念。我总希望母亲也能看穿些，快活些，不必怀疑于一切，不必过于爱愁爱思啊！这是一时的情形这是一个必经的足程，做人不吃苦人是不能称人的，我们也真像吃青果一样的有涩味，我们立事涩的里面有甜味。我们虽吃苦，但我们的良心没有受罪，我们虽然苦，我们依旧有我们至高无上的精神的愉快，总之，我们是真理的追求者，我们是最公爱无私的人，我们是最快活的人呀！

十八年过去了，这是一对十八年底的家信，照理应该将我这一年来的读书情形，心里的变动，环境的转化等等详详细细的报告给父亲听听，但是，父亲呀！这又怎样报告起呢？父亲，我只有句话告诉你，"我竟将十八年荒废了去。"我只有恳求你宽恕我的过错，只有请你准许我的要求："给我在十九年里有一个重新努力读书的机会罢！"

再谈了，祝父亲母亲康健愉快，弟弟妹妹身体好！用功读书进棋

新年快活！　　　黄子潮上，1929.12.22.

高文华家书

在黄埔军校读书期间，高文华结识了许多共产党员，阅读了《共产党宣言》等马克思主义理论书籍，写下了大量读书笔记，并加入中国共产党。从入党的那一天起，高文华就抱定了为共产主义事业奋斗终身的崇高信仰。这期间，父亲来信说，已经给他在铁路系统谋了一份工作，月薪60块大洋，要他尽快结束学业，回去赴职。他给父亲回信称："我是一个革命者，我怎会受钱的牵动呢？"他立志要做"使天下穷苦人将来吃饱穿暖的事"。

1928年3月，高文华在无锡不幸被捕后，敌人对他威逼利诱，用尽酷刑，他始终只有一句话："要头有，要名单没有。"审讯了3个月，敌人一无所获，只得将他解送南京。后来，高文华被判刑9年，关进了老虎桥监狱。

在狱中，高文华给父母、妹妹、亲友等写了不少书信，袒露出一位革命者纯洁的心灵。就像上面这封家书，高文华开头就描写下雪的世界，洁白的、银白的、光荣的雪可以覆盖一切污秽，使世界变得洁白无瑕，这就是作者内心真实的写照。然而，现实世界有着那么多的肮脏不堪，迫切需要众人合力铲除。作为一名"真理的追求者"，一名"最公正无私的人"，虽然遭受苦难，但是他的内心仍充满甘甜，精神仍保有至高无上的愉快。正是这种无比坚定的信仰，支撑着高文华在狱中度过了3年多非常人能忍受的岁月，并始终保持着高昂的革命斗志。然而，他的身体在狱中受到了极其严重的摧残，因健康状况恶化且得不到救治，最终不幸牺牲在狱中。

2019年7月5日，高文华烈士的外甥女高忆清将精心珍藏的高文华遗存的书信、书稿、诗作等资料无偿捐赠给无锡市档案史志馆永久珍藏。

热河边境已失去一大块地，中国前途极为危险

——1932年10月3日周平民、周健民致父母

周平民（1902—1937），又名执中、国正，四川内江人。1916年他就读于内江县立中学；1926年加入中国共产党，曾任中共内江县委委员等职。1930年8月，周平民前往上海，"九一八"事变后，任上海青年自愿决死抗日救国团秘书。1932年8月，他奔赴内蒙古开鲁抗日前线，次年返回上海、南京，继续从事抗日救亡活动。1934年8月，周平民不幸被捕。在狱中，他坚持与敌人斗争，1937年被折磨致死。

周健民（1914—1933），又名振华、国辉，是周平民的弟弟。1927年他考入内江县立中学；1929年开始参加农民运动；1930年随周平民离开内江到重庆，后辗转到上海。他与哥哥一起加入上海青年自愿决死抗日救国团。1932年8月，周健民北上，投入抗日救亡的洪流；1933年春，牺牲于鲁北抗日前线。

父母亲大人膝下：

　　敬禀者，男平民前由上海北返，曾在河北省密云县寄上吉林移山人参半斤、参茸丸四粒、参须一盒、信一封及碧波[1]寄家人参八两，不知大人此刻收得否？当即由密云随成长奎[2]司令出古北口与男健民相晤，时健民病虽已愈廿日，然身体甚瘦弱。幸途中有大车可坐，且每日行路甚少，至多者日行五六十里（仅两三日）[3]，寻常仅行二三十里，且行三四日休息一二日，故尚不感疲劳。得以休养兼又日服补药，故日来已完全恢复健康。今日上午已抵热河省中心重要商埠之赤峰县，民众极表欢迎。县长系浙江人，与决死团[4]主席黄镇东为小同乡，故其对南来同志尤为热烈，除捐助黄私人枪马外，并捐皮大衣八十五件、洗澡剃头费八十元，今年可不忧冷矣。拟在赤峰休息数日始前进，赤峰已在口外千里，但距通辽前方尚有千里，尚须一月始可到达。

　　热河本极苦寒，我军又无给养，火食须由沿途人民负担。得住上等人家即可吃灰面大饼及酒肉，中下等人家多吃小米（如□[5]子）、白菜、洋芋等，甚至有油盐俱无仅以生大葱海椒白菜佐餐者（仅遇一二处）。初吃小米，颇感不便，现已吃惯，毫不觉其苦也。南来连碧等十八人初组织政治训练组，男平民任第一科（上尉）科长，男健民任宣传员（准尉），（碧波任第二科上尉科长）。继因行军期间暂派各处服务，碧波派卫队营营部任书记，男平民派参谋处任文牍并兼任行营秘书事务。男健民亦派参谋处任牒报，均非作战职务，故将来即到前方亦绝无若何危险，祈大人不必挂虑也。热河边境已失去一大块地，中国前途极为危险。余事容到一定住地时再行禀告。专肃敬请

福安暨阖家均好

男平民、健民同叩
十月三日

注释

1 碧波：闵碧波（1909—1937），又名闵乐山，出生于杨家乡闵家坝，与周平民既是师生又是战友。
2 成长奎（1898—1932）：即成庆龙，山东人，擅长绘画。"九一八"事变后，他联络爱国志士，组织抗日队伍，曾任东北抗日救国军骑兵第四路军司令，在奉吉交界和蒙边地区活动，抗击日寇，屡获战绩。1932年9月，因汉奸告密，成长奎等人遭日寇包围，后突围不成，成长奎英勇牺牲。1987年，他被山东省人民政府追认为革命烈士。
3 家书原文中作者本人的注释用（）表示，下同。
4 决死团：上海青年自愿决死抗日救国团，是宣传抗日救亡活动的组织，黄镇东任主席。
5 家书中原文破损、模糊不清和难以辨认的字用□表示，下同。

周平民家书

周平民在内江县立中学期间，受革命思想熏陶，开始阅读《新青年》《每周评论》等进步书刊，积极参加学生会的进步活动。毕业后，他到杨家乡小学任教，后任校长。1924年参加地下党在白合场举办的"民团干部传习所"学习，受到革命思想的熏陶。1926年加入中国共产党后，他以教书作掩护，积极从事农民运动，并担任支部书记和中共内江县委委员职务。1929年，在杨家乡、石子乡等地，周平民领导农民开展抗粮、抗捐斗争。1930年8月，当地县委机关遭敌人破坏后，周平民秘密前往上海。

1931年"九一八"事变后，周平民在蔡廷锴领导下组织并参加上海青年自愿决死抗日救国团，任秘书。1932年8月，他随蒙边骑兵队赴内蒙古开鲁抗日前线，被分配在辽吉黑民众后援会开鲁办事处工作。1933年2月，日寇进犯热河，由于国民党采取不抵抗政策，热河失陷，周平民后随黄镇东赴上海；同年冬，赴南京投考军事学校，继续从事抗日救亡活动。

1934年8月，周平民在南京浦口进行革命工作时，由于叛徒出卖，不幸被捕，被关押在南京江东门军政部中央军人监狱。在狱中，他虽惨遭严刑拷打，仍与敌人进行坚决斗争。他在身心遭受严重摧残的困境中，以顽强毅力坚持学习，盼望出狱后为党继续工作，但由于反动当局的残酷虐待，于1937年被折磨致死。

1933年2月，周健民被选派前往鲁北工作。在赴鲁北前线前，周平民与周健民兄弟二人促膝长谈至深夜，不忍分离，谁知一别竟成永诀。2月7日清晨，周健民等人乘车赴鲁北，由于此次行动被汉奸刺探获悉，周健民不幸中弹牺牲，时年仅19岁。得到弟弟健民牺牲的消息后，正在南京的平民悲痛欲绝。

在周平民另一封残缺的家书中，他这样写道：

……人望着我，也止不住我的眼泪，我几乎把全信读不下去。昨夜约十一时独自一人回到下关旅社，将来信重读一遍，又整整的痛哭一场。今晨在床上思及健民，眼泪不断的流了三个钟头，我只得起来，流着眼泪给你写回信。我自成人以来，虽未尝一日离去忧郁，然绝少悲伤痛哭，十余年来，祖母、曾祖母、母亲、小妹、蒋氏相继死去，当时虽曾痛哭，然多一哭两哭即止，从未如此次健民……

在上海，周平民收到了外甥百均的来信，告诉他父亲得知健民死于战场后整天以泪洗面。周平民读过信后心如刀绞，给外甥复信，请他代自己多多安慰伤心的老人。

这封信是周平民哭着写的，情真意切，饱含着一位革命者爱国、爱家的双重感情。眼见日本帝国主义侵我国土，杀我亲人，周平民胸中燃烧着仇恨的怒火。

……这回你二舅舅在打日本鬼子的最前线死去，他为救国而死，是死得光明的，只是他在亡命途中、万里关外，与他共同飘泊、共同奋斗、相依为命的你的大舅舅忽然永远分离。……以后努力读书，将来长大了，好替你二舅舅报仇。杀完日本鬼子汉奸叛逆，把已失的东北四省从日本帝国主义的手中夺回来，以完成你为救国救民而牺牲的二舅舅的遗志。

对于外甥，周平民怀着无限的期望，教育他将来一定要坚定地走抗日救国的道路，去完成前辈未竟的事业，此情此志，感天动地。

为国家民族求解放

——1937 年 4 月 18 日韩雅兰致父母（节选）

韩雅兰（1905—1943），陕西蒲城人，20 世纪 20 年代在陕西省立女子师范学校上学期间加入中国共产党。大革命[1]失败后，1930 年 3 月韩雅兰赴上海，后入复旦大学中文系学习，1936 年毕业。同年秋，她由上海返回西安，在西安女子中学教书；1936 年底赴延安，后进入中国人民抗日军事政治大学（简称抗大）第二期学习。全面抗战爆发后，韩雅兰奉党的指示返回西安从事地下工作，参加陕西妇女抗日救亡运动。1943 年韩雅兰不幸病逝，年仅 38 岁。

注释

1 大革命：1924 年至 1927 年掀起的反对帝国主义、反对封建军阀的革命运动，也称"国民革命"。1927 年 4 月 12 日，蒋介石在上海发动反革命政变。江苏、浙江等省随之以"清党"为名，大规模捕杀共产党员和革命群众。7 月 15 日，汪精卫集团以"分共"的名义，正式同共产党决裂。至此，第一次国共合作全面破裂，国共两党合作发动的大革命宣告失败。

亲爱的父亲、母亲：

儿过去曾寄过几次信给大人，想早赐阅矣。但至今未见大人的训示，想大人必因儿不告而走之故怪罪于儿，生气不理了，所以儿对此点终不能安心。

最近有友人从西安来此，听说父亲和母亲对儿之走很觉伤心，祖母恐怕更难过。儿听了也万分凄惨。……然而儿不愿作个时代的落伍者，不愿落人后，同时又被感情支配着，这极痛苦大人是不会了解的。谁料前年又遭受圣域这样的侮辱[1]。为了不愿使大人难过，为了孩子的问题，忍耐一切痛苦到现在。但是从那时起，儿已认清自己应走的正大的光明的道路，更认清了一个女子不应只靠一个丈夫。若完全依靠丈夫，结果会落得求死不得求生不能的苦境。亲爱的慈祥的父亲母亲，假如儿没有大人的疼爱和体贴，假如没有求得一点不受人欺侮的知识，那儿现在也只有死路一条了。圣域他固然给了我苦头吃，然而他也毁灭了他自己。儿想，他所受的损失或者比儿还要大呢。儿已受够了痛苦，人不能就这样消沉下去，自己毁灭自己。儿要为改造不合理的社会而奋斗，为后来女子求幸福，也要和男人一样为国家民族求解放，作一点有意义的事业，总比被人家气死有价值的多。这就是儿此次来延安的主要原因，请大人想想，章乃器、沈钧儒他们都起来挽救国家，儿受家庭社会的养育一场，怎能坐视不顾？所以儿决定来此学习一点真实学问，去应社会，求中国民族解放的方法。

……

这里[2]学校对于学习方面，教员讲的很好，同时很注重研究性质，学生能充分发表自己的意见，因此得的益处很多。儿觉得在这里的几月学习比外边学校几年的学习还要得的益处多。

　　由西安来的学生很多，各地都有，赵师长的女和子都在这里，好些熟人，所以请大人放心。不要以为儿作的不对。这样多的人都和儿所作的一样，此地的女生已有三四十人。敬祝健安。

飘泊的女儿　敬禀
4.18

注释

1　此处指1935年韩雅兰的丈夫王圣域纳妾之事。
2　指陕北延安和抗大。

韩雅兰家书

　　这是韩雅兰从陕北延安写给父母亲的一封家书，时间是 1937 年 4 月 18 日。这封家书被韩雅兰的儿子韩蒲珍藏了 60 余年，2010 年他将家书捐赠给了中国人民大学家书博物馆。

　　韩雅兰家庭条件优越，却背着父母偷偷跑到延安上了抗大。她走之前没有将此事告知自己的父母，到延安后虽曾几次写信回家说明，但一直未接到回信。她怕老人生气，故写了这封信，详细讲述了自己去延安的缘由并介绍抗大的情况，以便让父母谅解、放心。韩雅兰从1930年离家到上海，在外多年，后由于丈夫纳妾，她有家不能回，所以给父母写信就署了个"飘泊的女儿"。

韩雅兰信中最后一段提到的赵师长指赵寿山，其原本直属杨虎城部队，西安事变和平解决后，杨虎城部十七路军缩编为三十八军，赵寿山任十七师师长；1941年加入中国共产党，解放战争期间任西北野战军副司令员。中华人民共和国成立后先后任青海省人民政府主席、陕西省省长等职。其女指赵铭锦，当时也在抗大第二期第四大队女生区队学习。其子指赵元介，抗大毕业，长期从事戏曲教育工作。

韩望尘与女儿韩雅兰合影，20世纪30年代初摄于上海

韩雅兰的父亲韩望尘早年加入同盟会，1913年东渡日本留学，入明治大学学习。回国后，韩望尘参加过护国运动。西安事变期间，他支持张学良、杨虎城的义举，响应中国共产党对西安事变和平解决的号召。韩望尘同国民革命军第十八集团军驻陕办事处来往密切，经周恩来介绍，他结识了林伯渠、周子健。1938年8月，韩望尘等设宴招待朱德。这一活动扩大了八路军的影响，宣传了中国共产党的抗日民族统一战线政策。

身教重于言教，不难看出，韩雅兰毅然从生活富足的家里不辞而别，投身艰苦卓绝的革命洪流和抗日救亡工作，正是受到家庭影响的结果。1948年夏，其子韩蒲沿着母亲的足迹，从北平赴华北解放区，进入华北联合大学、华北大学学习，后任中国人民大学历史教员。

韩雅兰（左二）、王圣域（左一）赴上海读书前夕与家人合影，摄于1930年

陕西妇女界代表与丁玲（前排中间着军装者）合影，丁玲右后方为韩雅兰（第二排右二），抗战初期摄于西安

我们决心与华北人民共艰苦、共生死

——1937年12月3日左权致母亲

左权（1905—1942），原名左纪权，号叔仁，1905年3月15日出生于湖南醴陵县（今醴陵市）一个农民家庭。1924年，他考入广州陆军讲武学校，参加了平定广州商团武装叛乱事件；11月，随陆军讲武学校转入黄埔军校学习。1925年1月，左权加入中国共产党；同年12月到莫斯科，先后在莫斯科中山大学、伏龙芝军事学院学习。1930年4月左权回国，赴闽西革命根据地，先后担任中国红军军官学校第一分校教育长，后历任新十二军军长，红一方面军总前委参谋处长，红五军团第十五军政委、军长，红一军团参谋长等职，并参加了长征。1937年抗战全面爆发后，左权任八路军副参谋长，率军奔赴抗日前线。1942年5月25日，左权在指挥八路军总部机关转移时，被敌人的炮弹击中牺牲，时年37岁。

……[1]队义勇军。我们正号召广大民众与敌人作拼命斗争中，相信能粉碎敌人的进攻。

母亲：亡国奴的确不好当，在被日寇占领的区域内，日人大肆屠杀、奸淫掳抢、烧房子……等等，实在痛心。有些地方全村男女老幼全部杀光，所谓集体屠杀；有些捉来活埋活烧；有些地方的青年妇女，全部捉去，供其兽行；要增加苛捐杂税；一切企业矿产，统要没收。日寇不仅要亡我之国，并要灭我之种。亡国灭种惨祸，已临到每一个中国人民的头上。

现全国抗日战争已进到一个严重的关头，华北、淞沪抗战均遭挫败，但我们共产党主张救国良策，仍不能实现。眼见得抗战的失败，不是中国军队打不得，不是我们的武器不好，不是我们的军队少，而是战略战术上指挥的错误，是政府政策上的错误，不肯开放民众运动，不肯开放民主，怕武装民众，怕改善民众的生活。军官的蠢拙、军队纪律的坏，扰害民众、脱离民众……等。我们曾一再向政府建议，并提出改善良策，他们都不能接受。这确是中国抗战的危机，如不能改善上述这些缺点与错误，抗战的前途，是黑暗的，悲惨的。

我们不敢〔管〕怎样，我们是要坚持到底，我们不断督促政府逐渐改变其政策，接受我们的办法，改善军队，改善指挥，改善作战方法。所幸的现在政府还有抗战决心，某些要人、某些军人，亦有些进步，逐向好转，这是中国抗战胜利的一线署〔曙〕光。现在政府迁都[2]了，湖南成了军事政治经济的重地，我很希望湖南的民众大大的醒觉，兴奋起来，组织武装起来，成为民族解放自由战争中一支强有力的力量。因为湖南的民众，素来是很顽强的，在革命的事业上，是有光荣历史的。

我军在西北的战场上，不仅取得光荣的战绩，山西的民众，整个华北的民众，对我军极表好感。他们都喊着"八路军是我们的救星"。我们也决心与华北人民共艰苦，共生死。不敢〔管〕敌人怎样进攻，我们准备不回到黄河南岸来。我们改编为国民革命军后，当局对我们仍然是苛刻，但我全军将士，都有一个决心：为了民族国家的利益，过去没有一个铜片，现在仍然是没有一个铜片，准备将来也不要一个铜片；过去吃过草，准备还吃草。

母亲！你好吗？家里的人都好吗？我时刻记念着！
敬祝
福安

男　自林[3]
12月3日于洪洞

来信请寄：山西　第八路军总部　转左权　收
（因我军驻地不定，写第八路军必可收到）

注释

1　原信现藏于中国国家博物馆，缺第一页。
2　1937年11月20日，中国国民政府迁都重庆。
3　自林：左权的乳名。

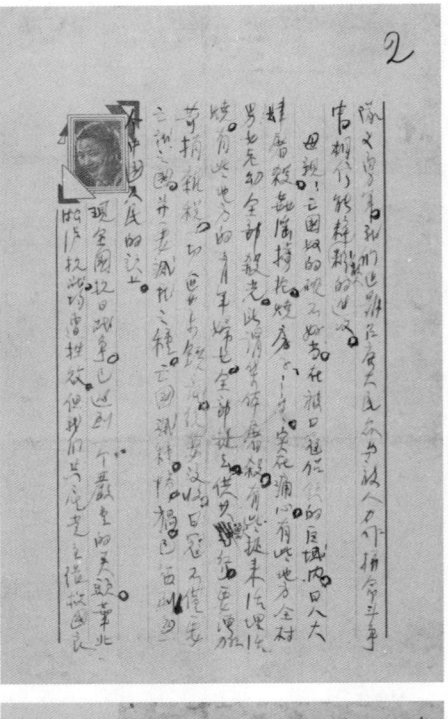

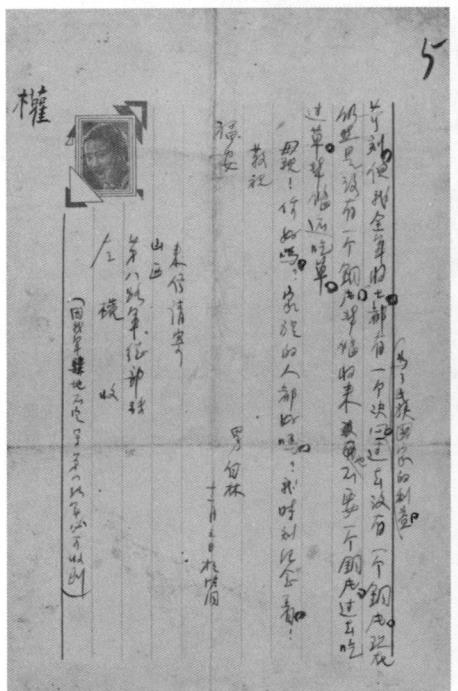

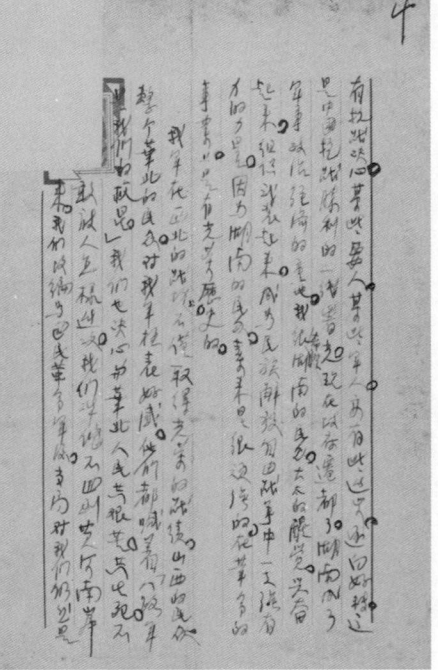

左权家书

左权与妻子刘志兰及女儿，摄于1940年8月

1937年8月25日，中国工农红军改编为国民革命军第八路军，简称"八路军"，朱德任总指挥，彭德怀任副总指挥，叶剑英任参谋长，左权任副参谋长。9月6日，左权和朱德、任弼时等率领八路军总部从陕西三原县云阳镇出发，东进抗日，奔赴山西抗日前线。11日，八路军改为国民革命军第十八集团军，左权仍为副参谋长。15日，左权与朱德、任弼时、邓小平等乘木船从陕西韩城县芝川镇渡过黄河，进入山西境内。之后，左权随八路军总部转战山西各地，11月下旬到达洪洞县，12月3日给远在湖南醴陵家乡的母亲写了上面这封信，信中控诉了日军的暴行，表达了抗战到底的坚强决心。

1940年左权参与领导了著名的百团大战，1941年取得保卫八路军黄崖洞兵工厂的"黄崖大捷"。1942年5月，日军对太行山抗日根据地发动大"扫荡"，左权指挥部队掩护中共中央北方局和八路军总部

左权母亲

等机关转移，在山西辽县的十字岭突围战斗中被日军的炮弹击中头部牺牲，年仅37岁。他牺牲后，延安和太行山根据地为其举行追悼会，并改辽县为左权县。左权是抗日战争时期八路军中牺牲的职务最高的将领。2009年，左权被中央宣传部、中央组织部等11个部门评为"100位为新中国成立作出突出贡献的英雄模范人物"之一。

左权毕业于著名军事院校，还曾在伏龙芝军事学院学习，可以说是我军军事素质很高的指挥员之一。他军事理论水平高，撰写了许多关于游击战争的理论专著，在军事理论、战略战术、军事建设、参谋工作、后勤工作等方面，有极其丰富与辉煌的建树，是中国军事界不可多得的人才。他牺牲后，朱德总司令赋诗悼念："名将以身殉国家，愿拼热血卫吾华。太行浩气传千古，留得清漳吐血花。"

1939年4月16日，经朱德牵线，左权与刘志兰在八路军总部结婚。第二年5月，生下了他们的女儿左太北。由于战争形势越来越残酷，8月30日，左权不得不把妻子和女儿送往延安。直到21个月后牺牲，左权总共给妻子写了12封信，其中有一封遗失了，现存11封。这些书信一直保存在刘志兰手中。1982年5月，刘志兰把这批珍贵的家书交给了女儿。左太北从这些家书中得知父亲是多么爱她，每一封信中都会问到她的情况。

左权自19岁离家，就再也没有回过家。1949年，解放军南下，朱德总司令要求入湘部队绕道醴陵去看望左权将军的老母亲。英雄的母亲才知道自己日思夜想的小儿子已为国捐躯7年了。但让她不解的是，这7年来一直有人用"左权"的名字给她寄钱。原来，在左权殉国后，周恩来考虑到其老母赡养之事，专门指示八路军驻重庆办事处汇款接济。

听到小儿子壮烈殉国的消息，坚强的母亲没有恸哭，而是请人代笔撰文悼念儿子，文中说："吾儿抗日成仁，死得其所，不愧有志男儿。现已得着民主解放成功，牺牲一身，有何足惜，吾儿有知，地下瞑目矣！"

我们都是人民的子弟兵

——1946年3月13日王墉致母亲

王墉（1915—1948），河北乐亭县人，早年在东北生活，参加过马占山的抗日队伍。1936年4月，王墉加入中国共产党，在北平参加学生运动被捕，出狱后到山西，参加了牺牲救国同盟会。七七事变后，王墉先后参加国民革命军第53军和山西青年抗敌决死队，走上抗日救亡之路。抗日战争全面爆发后，他参与创建太岳抗日根据地，担任团长，开展游击战。1947年8月，王墉任晋冀鲁豫军区第8纵队第24旅旅长，3次参加了攻打运城的战役。1948年3月，王墉率部奔波250余里，击毁了尧庙机场的两架敌机，控制了机场，为临汾战役的胜利立了大功。3月22日，王墉在临汾城北视察战场地形时不幸牺牲。

母亲：

　　十八年了，我计算您的年令〔龄〕快七十了。在这十八年中常想到，这一生还能不能见到您！也许您还健康的活着。这是您十八年未见的儿子天天希望的一件事。也许您看不到这封信，如您还健康，相信在一二年以内一定能看到您最喜欢的一个最幼的儿子，而且使您很满意。他已长大成人，而且十八年来，始终如一的干着一件为了您和中国的一切受苦受难的人们谋幸福、求自由的事情。这个光荣的事业，有无数的人们，像您儿子一样的干着。他们更流了无数的血。但是现在已经获取了初步的成功，这就是把日本强盗打败，并使中国开始走上和平民主团结统一的道路。而在许多地方的受苦受难的老百姓，男的女的都翻了身，从受压迫受穷变成自由幸福快乐的人。据我所知，您现在住的那一带也有这样的事情。就是说您那里的人，替老百姓帮老百姓办事的那些人，也和您儿子一样。我希望您看到他们就好比看见您儿子一样，一样喜欢他们，亲爱他们，那您自然会得到像见到您儿子一样的快乐。他们也必然爱您，喜欢您这七十岁的老太太。因为我们都是人民的子弟兵！

　　家里现在还有什么人？父亲、我的哥哥们、妹妹还活着吗？是的，我不当这样〈问〉[1]的，可是，这十几年来，中国的历史上是一大变革，人的死活也是极大危险，所以，我第一次写信给您，就不能不先问一问他们的死活了！

　　……

　　写信的时间，正是春天，季节也像〔象〕征着今天的中国，和老百姓的运气，中国人到春天了，从严寒里挣扎出来的春天。母亲，您要在这大好春光里多留几天，享受一些春的温暖，看一看创造新的春天的人物，看看老百姓过春天的快乐！也不枉您七十年来在磨难里苦熬一场！春天的一切，都含着温暖甜蜜。人类万物都得到春的抚育，这可亲可爱的春天。但它也正像现在的一个人，这个人的好处也正像春天那么多那么大，而且正是他，才使中国人民打退严寒，走进新春。他的温暖，抚育着中国的一切被压迫受罪的老百姓，使他们逐渐翻身自由，这就是中国〈的〉毛泽东。毛泽东是中国老百姓的救星，也是您老太太的好儿子。他对老百姓像对自己父母一样的亲爱尊敬。而且，整天为了老百姓干事。他真好，没有他，中国早灭亡了；没有他，您的儿子也早就随着中国的灭亡而死去了。正是他——毛泽东，挽救了中国，挽救了受苦受难的中国老百姓；正是他领导着您的儿子们英勇的和日本人、中国的坏蛋们打仗，终于把日本人打败了。中国〈的〉坏蛋们虽然还未全打干净，但在许多地方确是没有坏蛋的份了，而社会里，老百姓慢慢的也有力量也有权利了。您儿子第一次给您写信，先介绍他们的领袖毛泽东，作为千万里外送给您这位七十岁的老太太的礼物，其他的东西是无法写到的。

　　敬祝
您快乐健康！

您的儿子桂一于山西
民国三十五年三月十三日

注释

1　家书中因漏字影响阅读处，用〈〉补出，下同。

王埤家书

王墉1915年出生于河北乐亭县一个贫苦的农民家庭，兄弟姊妹七人，他排行第六，小名桂一，很得父母疼爱。但因家境贫寒，3岁时他随叔父"闯关东"，来到黑龙江拜泉县生活。1928年，他考入中学前回家看望了父母。从那时起，便一直未能再见父母。中学时王墉学习勤奋，想当一名科学家，报效国家。"九一八"事变后，他投笔从戎，参加了马占山的抗日队伍。马占山失败后，他回到拜泉县，为躲避日军和汉奸的追捕，被迫流亡关内，在天津当过报童，在济南做过校对，在北平参加过东北青年救亡会，并到东北大学土木工程系学习。1935年冬，王墉在北平参加了"一二·九"抗日救亡运动，负责纠察，冲在最前面。

　　1936年3月31日，北平学生联合会发动了声援被国民党监狱折磨致死的学生的爱国游行，王墉走在最前面。4月，他加入了中国共产党。5月20日夜，他被北平警察局逮捕，转到草岚子监狱；11月，经党组织营救出狱。1937年1月，王墉来到太原，并加入了牺牲救国同盟会。七七事变后，王墉带头报名到抗日前线去，组织了"十三勇士团"，并成为国民革命军第53军的一员。由于第53军缺乏战斗力，他选择了离开，并参加了山西青年抗敌决死队，从此真正走上了抗日救亡之路。

　　抗日战争全面爆发后，王墉跟随山西青年抗敌决死队第一纵队南下晋东南一带，配合八路军创建太岳抗日根据地，任过连长、营长、政治部组织干事、侦察科科长等职。1945年1月，王墉升任太岳军区五分区副司令员兼54团团长。抗战期间，他率部转战晋南，在反"扫荡"、保卫夏收等战斗中，运用运动战、伏击战等游击战术，多次与敌军交锋，均取得重大胜利。

　　1945年8月，经过14年浴血奋战，中国人民终于取得了抗战的胜利，迎来短暂的和平时光。10月，国共双方签署《政府与中共代表会谈纪要》后，国民党政府接受了中共提出的和平建国的基本方针。双方同意"必须共同努力，以和平、民主、团结、统一为基础"，"长

山西青年抗敌决死队臂章

期合作，坚决避免内战，建设独立、自由和富强的新中国"。双方还确定召开各党派代表及无党派人士参加的政治协商会议，共商和平建国大计。从抗战胜利后国共开始谈判，到1946年6月国民党大军围攻中原解放区，全面内战爆发，这大半年的时间，虽然国共军队仍在局部地区出现摩擦，但并未爆发全面的军事冲突。

1946年3月13日，王墉给母亲写了一封家书。他已经18年没有见到母亲了，告诉母亲和平已经到来，母子相见为时不远了。

岂料写完这封家书仅仅3个月，蒋介石就发动了全面内战。为了配合太岳军区主力作战，王墉率部一夜急行军120余里，奇袭敌运城机场，击毁仅有的3架敌机，立下奇功。1947年7月，在平陆县张村、庙底一线，王墉率部以急袭和伏击战斗，歼灭敌军1个团，我军仅伤30人，创造了1∶50的歼敌战例，受到大军区通令嘉奖。

1947年8月，王墉所在部队改编为晋冀鲁豫军区第8纵队第24旅，王墉任旅长。在1948年3月开始的临汾战役中，王墉率部奔波250余里，击毁了敌尧庙机场的两架敌机，控制了机场，切断了敌人的空中运输线，立了大功。3月22日，王墉在临汾城北兴隆殿前沿阵地视察地形时，不幸中弹牺牲。

人们在清理王墉烈士的遗物时，发现这封两年前他写给母亲但尚未寄出的家书。信中表达了王墉对慈母的思念和对美好未来的向往。然而，当时他的母亲早已谢世，永远收不到儿子的信了。

军民正在积极做自卫战斗的准备

——1946年6月23日冯庭楷致父母（节选）

冯庭楷

冯庭楷（1923—1946），山西平定县人。1938年5月，冯庭楷参加八路军；1939年3月后任八路军第385旅独立二团政治处宣教干事；1940年6月后任第385旅14团司令部测绘员、参谋。1941年，冯庭楷加入中国共产党。1943年3月，他在太行军区三分区（三支队）司令部作战股任参谋；1945年10月，在晋冀鲁豫野战军第3纵队第9旅司令部作战股任参谋；1946年1月在晋冀鲁豫野战军第3纵队第9旅26团司令部任作战参谋。同年9月，冯庭楷在山东巨野战役中遭敌机轰炸牺牲，年仅23岁。

父母亲：

　　适逢端阳节，忽接来谕，大喜！兴奋的拆开阅了。又默默的想……九年前家庭的困苦情景，我又回味到了。根据来信所示及以往的情景推想，很显然的困苦还是困苦，饥寒仍然不是饱暖，不过可以勉强度日而已。

　　自接信后，使我最放心最愉快的即是：二老身体尚健康，阖家长幼也无恙。我祖母病逝埋葬，我倒不过分悲伤，生老病死是人生不可避免的事，况且祖母已年迈，再加上营养的不足，多在世一天多受一天罪。不过总觉得自我离家后没有再见一面，实感遗憾！

　　……

　　我打算到秋后回家（情况许可时）。因现在天气炎热，路途遥远，凑成许多不方便。

　　自接信后，部队不断移动作战，故延至今日（阳历六月廿三日）才写了这一件信。我们现已调驻河南修武县北庄一带驻防。来信请交河南修武县交通总局转第三纵队第九大队八中队交我即可（我们的真番号是晋冀鲁豫第三纵队第九旅第廿六团）。不用写真番号了，只写代号即行了，否则对〔与〕军事秘密有关。如寄不通时可用真番号。

　　国民党反动派违背政协决议[1]，虽停战令已下达，我们仍与顽伪进犯者每天不断有小的战斗。近来，国民党又作了新的进犯部署，调动主力准备向豫北解放区——焦作、观台等地大进攻。我们这里的军民正在积极做自卫战斗的准备，估计战事一旦爆发，在此地又是个大的会战，不亚于反攻开始的平汉、上党两战役。

　　于同时给我大哥[2]去了一信，不知能否寄到。他又给家写信了没有？请把他的家信寄来我看一看，或将他的情形写信来给我吧！

　　祝

阖家安乐

庭楷

六月廿三

注释

1　1946年1月，国共两党公布停战协定，并与其他民主党派和无党派人士代表召开政治协商会议，通过了《和平建国纲领》等5项议案，但不久后，国民党就撕毁停战协定，向解放区进攻，全面内战爆发。

2　大哥：写信人的大哥冯庭枋，原名冯庭樟，1916年生，1938年参加革命，时任山西安泽县五区武委会主任。

红色家书：致我的父母

冯庭楷家书

这封弥足珍贵的家书，是冯庭楷接到家里的来信后，给父母亲写的回信。此前的 6 月 18 日，他还有一封信写给大哥冯庭枋。冯庭楷念书不多，但是他用毛笔写的书信，字迹工整流畅，语言真切。从信中可以看出，冯庭楷离开家从军 9 年，从没有回来过，对家人非常挂念，字里行间洋溢着他对骨肉亲人的拳拳亲情和不能回家承担家庭责任的遗憾。

1951 年 12 月 25 日，毛泽东签发的冯庭楷烈士家属光荣纪念证，第 14516 号

冯庭楷的父亲冯清泰，在抗日战争初期就加入了中国共产党，是山西平定县下马郡头村里最早的党员之一。受家风熏陶，冯庭楷也有着坚定的革命信念，他曾在别的家书中劝说家人要听民主政府的话，要始终跟着"人民的救星"——毛主席走。又如在 1946 年 4 月 25 日写给两位兄长的信中，他说："灾难深重的中国少衣无食者，不仅咱一家，弟这几年来正是为了自己，为了这饥寒的一群，奔波奋斗。而当这和平建设时期，弟将更努力，为群众服务，为新社会服务，一待更进一步、更彻底的完成民主和平

改革的大业，而能得到巩固，那是我的光荣，是父母的光荣，是群众的光荣，是新社会的光荣。"（张丁主编《红色家书》，中国画报出版社2006年版，第132页。）当冯庭楷得知家乡有传言说自己在战斗中死亡时，他一边痛恨造谣者，一边安慰"日夜痛哭不止"的母亲："妈妈，我们应擦干自己的眼泪。我万一不幸为人民战死，那也无须乎哭。你看，疆场上躺着的那些死尸，哪一个不是他妈妈的爱儿？"（同上书，第133—134页。）爱母亲、爱家人，他更爱人民，为了人民的解放和幸福而不惜战死疆场，这就是冯庭楷的初心。不幸的是，给父母亲写完这封信不足3个月，冯庭楷就牺牲在了战场上。

　　除了3封家书，冯庭楷连一张模糊的照片也没留下。但可以告慰烈士的是，在他离家不久，两位兄长和弟弟也都参加了革命。多年之后，他的侄子冯双平也参加了工作，入了党，实现了叔父"为群众服务"的遗愿。

为了母亲、弟弟的永远解放
——1948 年 8 月 20 日许英致母亲

许英（1921—1948），原名许彭山，祖籍河北饶阳县良见村，1921 年出生于黑龙江齐齐哈尔一个东北军文书家庭；1938 年参加冀中抗日游击总队；1939 年在抗大第三团学习并加入中国共产党。许英历任冀中第一游击总队战士、班长、文书，冀中警备旅文化干事，抗大六分校政教干事，晋绥二支队指导员，东北人民解放军第 4 纵队第 12 师 35 团 2 营教导员等职务。1948 年 9 月，许英在辽沈战役塔山阻击战的前哨战大东山战斗中牺牲。

母亲：

　　我想你！

　　十年来，我想着那出门在外，远不知天边的山儿，我眼里含满了泪。他难道还会活在人间吗？忘记是哪一天，我记得好像是有一只燕子，代〔带〕来了一封长长的山儿的家信。啊，那是梦吧！起初，我还终日不断的悠念着我的儿子，现在十年了，也许他再不会存在于人间了，以后我便有时想起，却又很淡漠的从我的心坎间掠过，也许很少再忆起这令人心肠欲断的儿子的事。

　　妈！你是这样的再想念着你的山儿吗？现在我回来了！我这封信如果能够寄到你的面前，就好像我回到你的面前一样。可是我却仍在遥远的东北人民解放军中服务，我真没想到会在军队里过了十年，现在我已是成年人了。十年的革命锻炼教育了我，我完全明白我这十年的斗争是无比的光荣、伟大。我忍受了一切艰难困苦，在生死的危机〔急〕情况下进行着顽强的流血的斗争。这是为了母亲、弟弟的永远解放，再不受旧社会对父亲职务的威胁而颠波〔沛〕流离[1]。为着母亲的幸福，为着全人类的自由解放，我情愿以死杀敌，我的光荣正是母亲的光荣，全家的光荣。

　　我在抗战胜利后往东北的途中遇见了金烤[2]、洪风[3]，知道家里已是自耕农，我想，家是解放区，咱们可能划为富裕中农，也许以后平分土地时部分的土地分出了，如果确是这样望母亲不必难过，我们多余的土地既是剥削而来，真理就该退还农民，没有什么可留恋的，我们应该依土地法大纲去做，遵守政府法令，更应积极生产，支援前线，一切要为全人类打算，不能为个人利益计较，你有了这为人类解放事业而斗争的光荣儿子，你就是为人类解放事业而斗争的光荣母亲。我想母亲见广闻多、通达真理，也许早做了模范母亲哩！

儿现在于东北人民解放军第四纵队第十二师三十五团二营任教导员，改名叫许英，为着完成党给予的任务，到东北后，我曾日夜不停地工作着，也很有兴趣，生活很好。

明年我们就会打进关去，东北我们有强大的炮兵、飞机、坦克，百万大军将来轰轰烈烈地打进关去，全国的胜利就在眼前，那时再见吧。

　　祝
母亲健康

　　　　　　你的英勇的为人类解放事业而斗争的儿子　彭山　敬礼
　　　　　　1948年8月20日于辽宁省盘山县

注释

1　此处指许英的父亲许壮图曾在东北军、国民党53军、锦州铁路局等不同的单位和地区工作，家人随之迁徙，颠沛流离。

2　金烤：许英的同乡许金考，为解放军第4纵队第123师368团战士，牺牲于河北张北县。

3　洪风：许英的同乡许洪峰，为解放军第4纵队第123师368团战士，牺牲于河北丰宁满族自治县。

许英家书

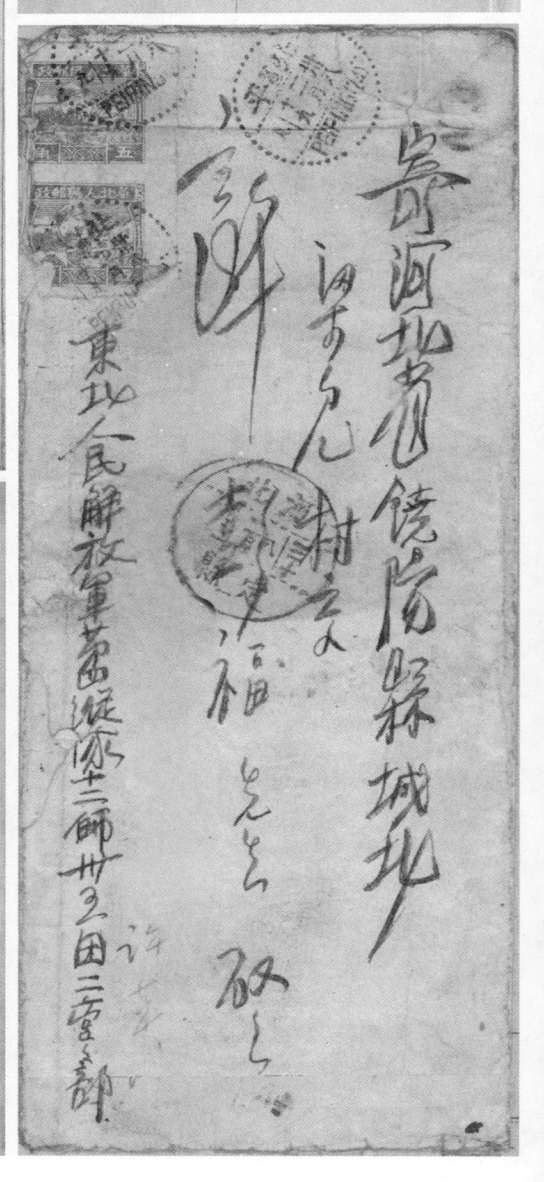

1949年5月许壮图粘贴保存并题记的儿子许英的照片

辽沈战役打响后，1948年9月27日，为了占领塔山一线阵地，堵住敌人的增援部队，东北野战军第4纵队第12师决心在敌人的防御体系中挖出一块，35团2营教导员许英带领全营接受了进攻塔山一线阵地南侧，靠近海边的大东山堡和65号高地的任务。出发前，他把自己用多年心血写就的《工作遗痕》等六个记录本交给了战友杨继忠，还向杨继忠要了两颗手榴弹，准备在不得已时和敌人同归于尽。

许英在做战前动员时表示，此次战斗要求行动神速、坚决进攻，敢于刺刀见红，要坚决打乱敌人的部署和防线。部队于9月27日夜从安山口出发，于次日凌晨到达指定地域，全营内外夹击，消灭了大东

许英随信寄给家人的照片和留言

山堡敌人一个营的兵力。许英在指挥这场战斗时不幸中弹负伤，战友们要把他抬下去，他坚决不肯。为了完成任务，许英示意大家不要管他，全营继续进攻。最终，许英因失血过多不幸牺牲。

大东山战斗结束后，营长李文斌为烈士装殓遗体时，从许英的衣兜里发现了两封家书，一封写给母亲，另一封写给两位弟弟。当时因战事繁忙，直到平津战役后，李文斌才得以将烈士的家书寄出。烈士家属收到来信如获至宝，却不知许英已牺牲 100 多天。与烈士家属取得联系后，政委许军成和营长李文斌均用书信向许英的父亲说明了许英牺牲时的情况。

我的文化比前大大提高了

——1948年11月20日陈鸿汉致父母

陈鸿汉（1919—1948），又名陈洪汉，1919年生于山西夏县西晋村；8岁入私塾读书，16岁到西安当店员；1938年7月参加八路军，后赴抗大学习。学习期满后，陈鸿汉被分配到抗日前线工作。解放战争开始后，他先后担任中原野战军第9纵队第27旅811团参谋、副参谋长、参谋长，曾荣立一等功，并被授予"人民功臣"称号。1948年12月，他率部参加淮海战役，任第9纵队第26旅78团参谋长，在战斗中牺牲于前沿阵地。

父母亲大人：

　　我由家出来至今十一年了，因战争没给你老人去信，罪感甚矣！我出来开始参加晋豫边唐支队[1]，后编新一旅[2]。打败日本后，又改编中原军区野战第九纵队第二十六旅七十八团，现在郑州、开封、徐州一带打仗。我离家一切均好，一九四六年于豫北焦作结了婚，女人是个中学生，现在解放军干属学校任教员工作，去年四月生个男小孩，很聪明。我的文化比前大大提高了，并学了不少本事。当我把蒋介石打垮后，返里，看大人，请大人原谅吧。因怕家没有人，所以有些问题不能详叙，等你回信后再谈。

　　祝大人
健康

　　　　　　　　　　　男　陈小狮　大名　陈鸿汉
　　　　　　　　　　　十一月廿日于郑州

　　附像片二张

　　大人，你接信后，现不要来找我，先给我来个信。因我们队伍东走西打，没有特定地方。

　　村干部同志：你可能认识我或者是同学。

　　因我离家已久，怕家没有人了，请你费心调查我家情形，可给我回个信。我是西晋村西社北门内，门向东，与陈得禄家对门，我叔父叫陈友忠。

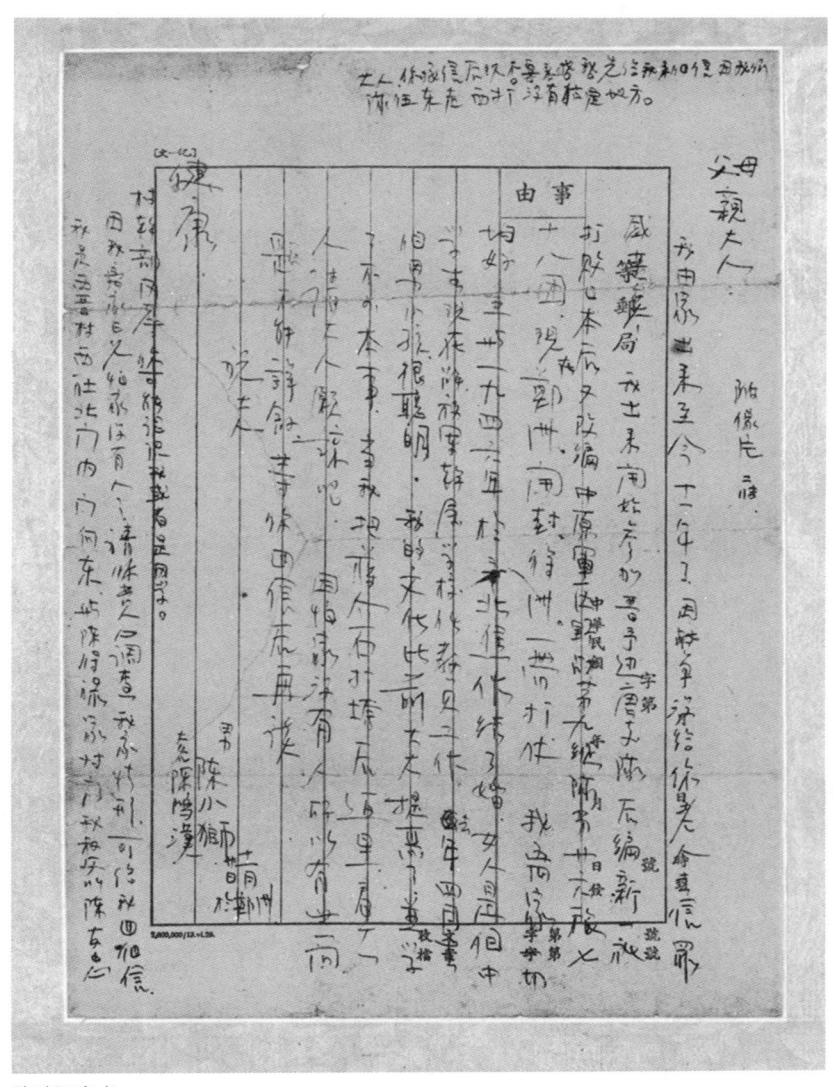

陈鸿汉家书

注释

1. 晋豫边唐支队：指八路军晋豫边游击支队，直属八路军总部领导。因司令员叫唐天际，该支队又称"唐支队"或晋豫边唐支队。
2. 新一旅：指1940年2月成立的八路军第2纵队新编第1旅，简称新一旅，由八路军总部直接领导，韦杰任旅长，唐天际任政委。

1948年11月22日，国民党黄维兵团被中野部队阻击在浍河上游地区。根据中央军委的指示，中野全部7个纵队及华野第7纵队和特种兵纵队炮兵一部共同出击，发动了围歼黄维兵团的作战。战斗从11月23日起至12月15日结束，历时23昼夜，分为三个阶段。

　　11月23日至24日为第一阶段——阻击合围阶段。24日黄昏，中野各部全线出击，至25日晨，将黄维兵团合围于双堆集地区。11月25日至12月2日为围歼黄维兵团作战的第二阶段——准备攻击阶段。至12月2日，黄维兵团被压缩在以双堆集为中心的狭窄地区内。12月3日至15日，为围歼黄维兵团作战的第三阶段——阵地歼灭阶段。12月6日下午，总攻开始。至12月15日午夜，黄维兵团被全歼，我军生俘敌兵团司令黄维、副司令吴绍周等。黄维兵团被歼，使被围的敌军陷入绝境，这场战斗为全歼杜聿明集团，夺取淮海战役的全面胜利创造了极为有利的条件。

　　1948年12月6日，也就是作战的第三阶段中，中野对黄维兵团全线发起攻击，陈鸿汉所在的第9纵队成了此次攻击的主力军。12月7日深夜，他所在的第78团终于突破了国民党军的前沿阵地，陈鸿汉却被敌人的炮弹击中负伤，最终壮烈牺牲，年仅29岁。

　　战友们在陈鸿汉的上衣口袋里发现了这封没能寄出的家书，并夹着一张照片。在这张三人的合影中，陈鸿汉个子高高的，头戴军帽，目光坚定有神，注视着前方。他的身旁是他年轻的妻子和他们不满周岁的儿子。常年随军转战，陈鸿汉当时已经11年没有回家探望亲人了，淮海战役前夕，他刚刚结婚生子，因为思家心切，所以拍了这样一张照片打算寄给父母。

陈鸿汉与妻儿的合影

我的文化比前大大提高了

全国光明的日子就会来临

——1949年1月24日罗士杰致父亲和弟弟妹妹

罗士杰（1926—2012），黑龙江望奎县人。1941年罗士杰毕业于哈尔滨师道学校，毕业后在乡村小学当教师。1948年8月，他参加东北野战军（后改为第四野战军），在第四军分区政治部宣传队工作。1950年，罗士杰任军委总后勤部运输部驻郑州办事处文化教员；1951年任军委总后勤部计划室助理员；1954年春转业到哈尔滨轴承厂工作，历任厂技工学校主任，总务科、行政科副科长，十五车间副主任，厂办副主任等职。

父亲大人：

　　胜利的消息已经传到家乡了吧？天津、北平已经相续的在胜利的四九年初解放了。我随着部队的前进已经进入了中国有名的工业都市"天津市"，可能在这里过旧历年。自进关后我们宣传队就参加了解放平津的战勤工作，儿被分配到接收物资的工作组里，每天乘着大汽车不是接收这，就是接收那，堆积如山的胜利品都由我们一处又一处的聚集着。我在这样的一个胜利局势下，兴奋的、热情的工作着，我的一切都迎着大军的胜利在愉快着，身体亦很粗壮，希勿念。

　　大约不久我们尚要越过长江，打到南京、上海、重庆、广东……一直解放了全中国，再胜利的回到故乡去，请你们等待着吧！！这个日子不会太远，只要再有一年，这个全国光明的日子就会来临。希望您保重身体，努力生产，支援前线，以助我们早日完成全国解放的胜利。

　　父亲，旧历年关就要接近了，家里的人们都很好吧！车站的买卖还做着吗？士勋弟上学了没有？淑清现在是否还在哈尔滨工作，或是回家了？士俊兄的工作怎么样？一定很好吧！如有转动的话请通知我，以便将来通信，再者，家里政府照顾如何，希回信赐知。

　　士强弟的生产一定很好吧？

一群弟弟妹妹们：

　　今年的旧历年我不能和你们在一块玩啦，关里的各大名胜都市都游赏了，真好，又特别有意思，等胜利后回到东北，我一定介绍给你们一些好东西，还一定要给你们捎回去一些纪念品，好好等待着吧。这个日子绝不会太远！今年的过年我想一定很有意思，你们可以尽量的欢乐，因为你们大家是经过一年中的自己劳动，虽然简单些，但是那是有意思的。别使老人烦恼，今年生活不太好，明年更加油，靠自己劳动吃饭，你们都长志气好好干吧，等我回家的时候，那时也多光荣啊！我想咱们家一年会更比一年强的。要和你们说的话很多，因为工作太忙，没时间了，止笔。最后祝福你们新年快乐。

罗士杰 上
1949.1.24

车站的买卖如不能继续做，父亲有无其他营业，请告知。可能由我代想一个办法，及找营生。急速回信到：天津市英租界大里西道衡阳路六号 东北野战军后勤政治部宣传队

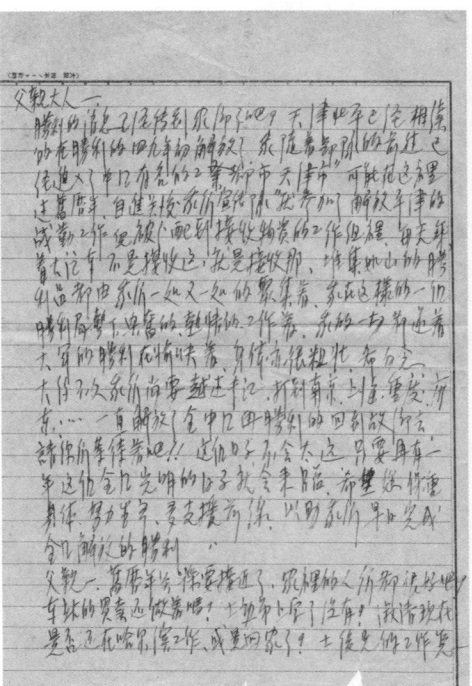

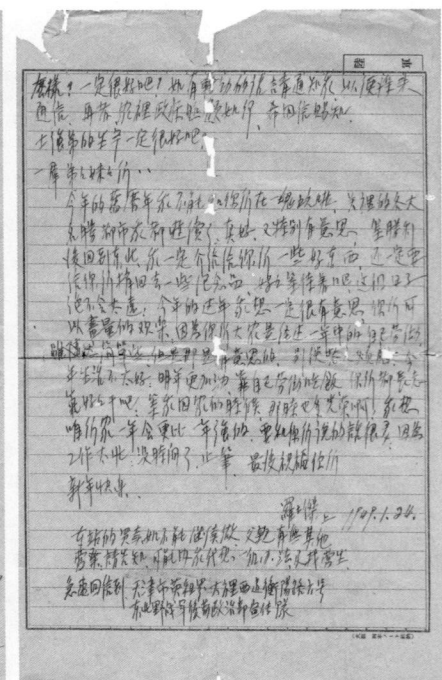

罗士杰家书

　　1949年1月15日，在东北野战军的猛烈进攻下，经过29个小时的激战，13万国民党守军溃败，天津警备司令官陈长捷被俘，天津解放。同日，天津军管会成立，黄克诚任主任，谭政、黄敬任副主任。这一天，200万海河儿女欢天喜地庆祝天津解放。9天后，参与天津接管工作的罗士杰在繁忙的工作之余给远在哈尔滨的父亲写了上面这封信。

　　罗士杰是东北野战军第四军分区后勤政治部宣传队的一名战士。天津解放初期，他所在的宣传队就参加了解放平津的战勤工作，罗士杰被分配到接收物资的工作组，负责接收战后的战利品。从这封家书中可以看出，接收工作正在紧锣密鼓地进行，大家精神愉快，士气高昂。

　　接管天津，我党早有筹划。天津军管会主任黄克诚在《关于天津接收工作给中共中央、华北局的综合报告》中说，早在部队攻城之前，一批准备接管天津的干部已集中待命，做好了准备。第一，进行思想动员，说明进城任务，为解放天津人民，建设天津，为华北人民与解放战争服务。讲明进城工作的方针步骤；宣布纪律，不乱讲，不乱做，不私拿东西，不贪污腐化，遇事请示报告；讲解各种具体政策，如职工运动、工商政策、外交政策、文化政策等，使参加工作的干部统一思想、统一政策认识。第二，组织接管机构，分财经、文教、市政三大部门。财经部门下设金融、对内对外贸易、仓库、交通、铁道、水利、农林、摩托、卫生、电讯、工业等共十三个处；文教部门设有新闻出版、教育、文艺三个处；市政部门下设公安、卫生、教育、民政、工商、公用、财政等局，并把所有来的干部分别配备到各个机构。第三，划分和确定各部门接管对象，并由各部门自行订出接收计划，交市委会审查。第四，拟制布告条例等，以备进城使用。

罗士杰，1953年夏摄于北京

1月14日我军开始攻城，主要接收干部当日进到杨柳青附近。15日12时公安干部一部即进入市内，军管会与各机构的主要干部于16时进入市内，其他干部和纠察部队连夜赶赴市内。16日所有干部全部到达，立即赶赴指定岗位展开接收工作。由于准备充分，只用了不到一周时间，除个别未发现的机构及被敌人破坏和遭受战争毁坏的机构外，所有机构全部顺利接收完毕。所接收机构的物资、档案、用具等，除敌人事先疏散、埋藏及烧毁者外，其他文件物资均完整无损，接收工作顺利完成。至2月初，接管任务基本完成。

就在罗士杰写完这封家书后的第4天，天津迎来了解放后的第一个除夕夜。这是一次真正的新旧交替，不仅是时令节日的转换，而且是社会面貌的巨大变化。因为天津人民从此过上了和平安定的生活。可以想见，罗士杰的这个春节在天津过得也不错。随着接管任务的逐步完成，春节后不久，罗士杰所在的宣传队就南下武汉，继续进行战利品的接收工作。

没入党也是共产党领导的战士
——1949年3月3日郭天栋致父母

郭天栋（1928—1949），1928年生于山西文水县城关镇东街村，1946年4月参加革命，在解放军第61军第181师当战士。1949年6月13日，郭天栋在陕西咸阳阻击战中牺牲，安葬于咸阳革命烈士陵园。

父母亲二位老大人堂前叩禀：

敬启者，想二大人身体健康、饮食增加，是儿福也。大人来信，想念孩儿回家看望大人一面。以儿想来，大人和伯父、叔父你们弟兄四人只生下儿孤子一人，儿应该过节上坟祭祖，对二大人应常在家敬〔尽〕孝，可是儿正赶上蒋匪，眼看快把祖国卖给敌美帝国主义，儿正在青年，不能坐视被害，应该出儿这份力量去打敌人。因此，儿为祖国，不能敬〔尽〕孝；儿为人民，不顾己事。儿虽没入党，而也是共产党领导的战士。今日站在革命队〈伍〉里，一定非把敌人消灭完，牺牲到底，才回去侍奉大人。〈此〉儿之罪也，望二大人〈原谅〉。

现在正是春天，百草放芽，众病发生。靠儿妹[1]，正在会玩耍，年幼；靠儿，在外不能看二大人，望大人自己保重身体为要，不必惦念孩儿。咱家要有困难的事情，希大人可要求政府解决。政府念咱孤门独户、贫苦军属，一定给大人解决困难，尤其咱是贫农。再看你二老，我父六十多岁，我母快五十岁，又经常有病，我妹[2]一岁，只有儿在青年，在外与敌战争。政府更关心照顾咱家，决不让大人受困难。现在的政府和过去的大不相同。

望大人不要思念孩儿，儿在外身体很好。帝国主义快消灭完〈了〉，各地的同胞眼看快都解放了，咱们可过好的生活了。大人好好保重身体，千万不要想念儿。等孩儿把敌人杀完，马上回去在大人身旁敬〔尽〕孝。不日，儿给咱县政府去信，请政府同志关顾咱家。政府看儿孤子为祖国人民，而不能在家奉养高年，政府决对帮助大人解决一切困难。望二大人保重身体为要，免儿在外惦念。现养儿不能敬〔尽〕

孝，是儿之罪也。
余言再禀。

不孝儿 天栋 拜叩禀
三月三日

注释

1　儿妹：指作者的大妹妹。
2　我妹：指作者的小妹妹。

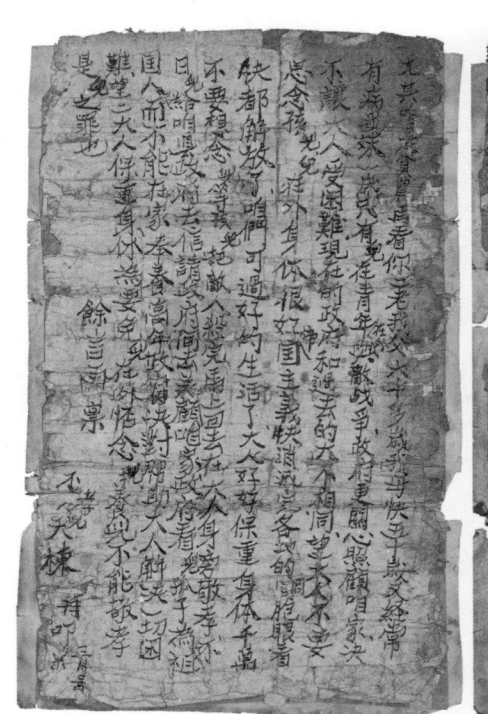

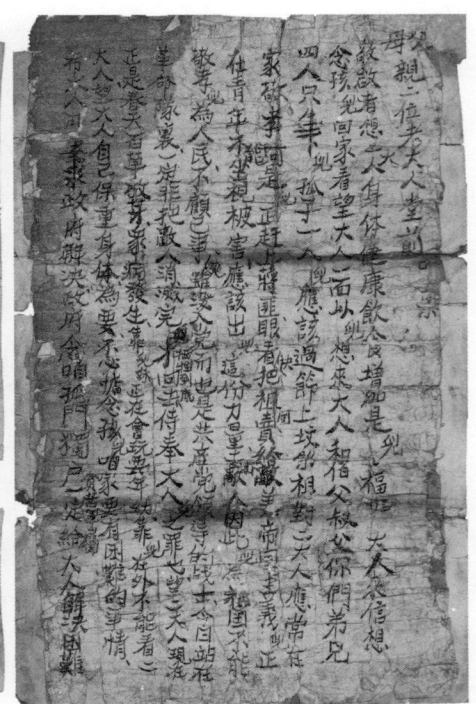

郭天栋家书

1949年5月，彭德怀指挥的第一野战军发起了陕中战役，解放了以西安为中心的广大地区。遵照中央军委关于进军西北的命令，第一野战军决心在1949年底以前解放陕西，进而挺进新疆。当时的作战方针是"钳胡打马"，即钳制胡宗南，打击马步芳、马鸿逵部队。然而，盘踞西北的大军阀马步芳、马鸿逵为了阻挡解放军进军西北，向国民党军统帅部建议，自己愿意全力配合胡宗南，夺回西安，保住陕西。

1949年6月5日，马步芳命令长子马继援率青海兵团和宁夏兵团分三路向咸阳推进，图谋反扑西安。6月10日前后，"马家军"进抵乾县，向解放军阵地发起猛攻。

彭德怀决定"诱敌深入"，主动放弃泾、渭三角地区，命令部队撤至户县（今西安鄠邑区）、咸阳一线，组织防御，在阻击中待机破敌；

与此同时，第 18 兵团第 61 军在 3 天内从太原赶赴西安，以第 61 军第 181 师进入咸阳，占领阵地，坚决阻击敌人。

郭天栋所在的第 181 师按照部署抵达后，严阵以待，先后于户县、咸阳等地进行了顽强的阻击战。6 月 13 日，第 181 师经过约 13 个小时的激战，打垮了马继援对咸阳的猛烈攻击，重创"马家军"，取得了咸阳阻击战的胜利。

郭天栋就是在这次战役中牺牲的。战后清扫战场，战友从郭天栋的衣袋里发现了这封浸透着鲜血的家书。家书写于 3 个多月前的 3 月 3 日，郭天栋接到了父母的来信，希望他回家一趟。家中就他这一个儿子，本该在家奉养父母，但是他却响应党的号召，投身到民族解放战争的战场。虽然家书作者的文化程度不高，信中有不少的错别字，但通篇贯穿着先国后家的大爱情怀，尤其是他能认识到"儿为祖国不能敬〔尽〕孝，儿为人民不顾己事。儿虽没入党，而也是共产党领导的战士"，尽显一位革命战士高尚的思想境界。

后来，部队派人把这封还没有来得及寄出的家书转交给了郭天栋烈士的父母。烈士亲属把这封家书珍藏了半个多世纪，直到 2005 年 7 月，烈士的外甥王东跃把家书捐赠给了抢救民间家书项目组委会，次年 5 月被推荐给中国国家博物馆收藏。

我离开你已经十二年
——1949年6月19日钟敬之致母亲

钟敬之（1910—1998），浙江嵊州人，1934年参加革命，同年加入左翼作家联盟（后转入左翼戏剧家联盟）；1938年加入中国共产党；先后任延安鲁艺[1]实验剧团、鲁艺美术工厂（研究室）主任。1946年起，钟敬之转入电影岗位，先后担任延安电影制片厂、东北电影制片厂领导成员。中华人民共和国成立后，钟敬之曾任上海电影制片厂副厂长，北京电影学院党委书记、常务副院长，是新中国高等电影教育事业的奠基人之一。

注释

1　鲁艺：鲁迅艺术学院，抗日战争时期中国共产党为培养抗战文艺干部和文艺工作者而创办的一所综合性文学艺术学校，1940年后更名为鲁迅艺术文学院，简称"鲁艺"。

亲爱的母亲：

　　我离开你已经十二年，你也整整受了十几年的苦难，现在总算出头了，因为共产党和人民解放军已经解放了嵊县，我也已在二十几天前回到了上海！

　　母亲，请你不要怪我十来年没有给你信息，因为那时候敌人和反动派不让我们通讯，我们应该咒骂那些家伙！

　　我到上海之后，工作实在忙，曾去打听过明弟[1]的消息，好容易才知道他早离开上海，听说已去浙东参加游击队。现在浙东全获解放，大概明弟已可回家乡一带工作，不知是否还有信给母亲？如有信时，一定把我的消息告诉他。我这次虽然没有见到明弟，但知道他已参加革命，实在比见面还来得高兴。母亲，请你也要高兴高兴吧！你有两个儿子，都参加了人民解放军，为人民打仗，为人民办事，你是很光荣的！

……

　　我现在在上海的生活，尚未安定下来，我想再等一些时候，和母亲是一定要见面的。那时候，或者是我回家去，或者是请母亲来上海。

　　我同样常常想念姊姊和妹妹们，应该悼念的是簾妹[2]，永远不能再见面了，我不禁凄然泪下！这是解放后南回时最感痛心的事！祖恩兄[3]和霞姊[4]可惜还在四川，你暂时不要写信给他们，因为那里尚未解放，怕连累他们，其实他们能早点回来多好！荷妹和华妹[5]常和你在一起吗？这许多年来，恐怕全赖她们的帮助不少！一定要为我先向他们致意！

　　附去照片三张，比较是最近的，好像见了我面一样。匆匆，以后详细再禀！

此祝

健安

儿　春[6] 上
六月十九日

注释

1　明弟：钟敬之的弟弟钟敬又，是他对弟弟小名"明郎"的昵称。钟敬又，1927年生于浙江嵊州，曾参加过江南游击队，后长期从事文化工作。
2　簾妹：钟敬之的二妹湘簾。
3　祖恩兄：钟敬之的大姐夫钱祖恩，浙江嵊州人。早年毕业于上海交通大学机械工程学院，我国气体分离设备工业的主要创始人之一，曾任九三学社杭州市委会第一任主委，九三学社中央参议委员会委员。
4　霞姊：钟敬之的大姐钟湘霞。
5　荷妹和华妹：分别是钟敬之的三妹湘荷和四妹湘华。
6　春：钟敬之的小名春郎的简称。

钟敬之家书

1949年4月20日，渡江战役打响，解放军的百万大军突破长江天堑。随即，党中央批准了华东局关于接管上海的机构及干部配备的报告。5月，根据中央的指示，中共中央华东局成立上海文教接管委员会（简称文管会），5月27日上海解放后，文管会随大军进驻上海，钟敬之出任华东军事管制委员会（简称军管会）文艺处副处长，协助对国民党官僚资本电影机构的接管工作。

钟敬之与母亲阔别12年后在上海会面，摄于1949年6月

经过紧锣密鼓的工作，历时半个月，到1949年6月中旬，电影机构接收结束。钟敬之信中所说的"我到上海之后，工作实在忙"，反映了当时的工作状态。经请示，决定将5家制片机构统一改组为上海电影制片厂（简称上影），经过5个月的筹备，军管会文艺处于1949年11月16日在原中央电影摄影场一厂举行大会，宣告国营上海电影制片厂成立，钟敬之为副厂长。

大约就在接收工作完成的时候，离开母亲12年之久的钟敬之分别给母亲和弟弟写了一封信，告知自己的近况，表达了对母亲、弟弟、姐妹的思念。不久，钟敬之将母亲接到上海居住，年逾花甲的老人终于结束了10多年来苦难频仍、骨肉离散的悲惨生活。之后，钟敬之调至北京工作，母亲随同来京与全家团聚，安度晚年。

1953年，钟敬之调任中央电影局计划室主任，参与制定中国电影事业发展第一个五年计划。1955年筹建北京电影学院，钟敬之担任筹建领导小组召集人，学院成立后，先后担任院党委书记、常务副院长、

解放上海的入城式。前排右一为夏衍,他身后的是钟敬之,摄于1949年5月

顾问等职务,全面主持学院的日常工作。他曾担任全国文联委员,中国电影家协会书记处书记、常务理事、名誉理事,中国延安文艺学会顾问;1996年获"夏衍电影荣誉奖"。

一切为穷苦的劳苦大众作想

——1950年2月2日李骝先致父亲

李骝先（1932—1950），1932年9月出生于安徽无为县。1949年6月，他考入中国人民解放军第二野战军军事政治大学，毕业后随军进军大西南，被分配至四川省纳溪县（今纳溪区）人民政府工作。他主动要求下乡参加征粮剿匪战斗，不幸牺牲，年仅18岁。

父亲：

　　我沿川湘公路走，酉[1]、秀[2]、黔[3]、彭[4]，步行入川已久。在重庆住了几天，军大[5]三团到隆昌县[6]行毕业典礼，即全部分配川南各个部门工作。上月廿九日组织上分配我到纳溪县秘书室工作，现正接管纳溪县中，办理移交清点手续。

　　川南沃野千里，物产丰富，是个好地方，造糖、井盐、煤矿等工业均有基础。川南解放至今已两月余，但因干部缺乏，征粮工作才开始展开，各方面工作等待我们努力干。

　　想父亲一定身体健康，阖家安好，我希望你能够做到：

　　（一）换脑筋，学习新社会的理论，使思想不会落人之后。同时应站在革命军人家属的立场上，一切为穷苦的劳苦大众作想，服从与拥护政府法令、措施，并向邻友和各界人民进行宣传解释工作。

　　（二）要全力支持全家从事生产、劳动，或参加政府各项工作，为人民服务。对斌[7]、鹅[8]多爱护照顾，设法培养造就（为下一代作想）。要时刻安慰母亲、姑母，使其能愉快地管理家务，不要像从前，一点小事就爱忧郁苦闷，吵闹一通，这样就把一个美满温暖〈的〉家庭变为冷酷〈的〉场所，无人生趣味。

　　（三）不多与地主、恶霸、奸商接近，他们眼看就要消灭，完成其历史任务。要把民主在家庭〈里〉切实实行，有问题召集全家成员协商，听取大家意见，走群众路线。

　　倘若父亲能做到这几点，成为一个民主人士、模范革命家属一定不成问题。时代是进步的。此请金安。

　　　　　　　　　　　　　　　　　　男　骝先　叩禀
　　　　　　　　　　　　　　　　　　二·二

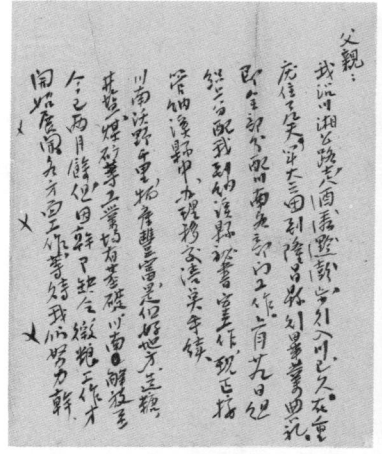

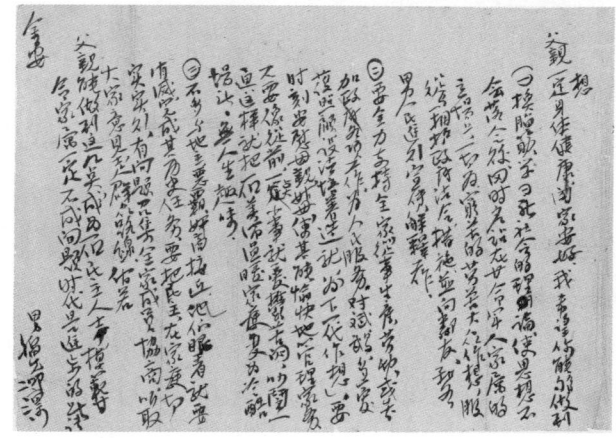

李骝先家书

注释

1. 酉：酉阳，位于渝、鄂、湘、黔四省市交界处，今为重庆市酉阳土家族苗族自治县。
2. 秀：秀山，位于重庆市东南部，为川渝东南重要门户，今为重庆市秀山土家族苗族自治县。
3. 黔：黔江，地处武陵山腹地、渝东南中心地带，今为重庆市黔江区。
4. 彭：彭水，位于重庆市东南部，今为重庆市彭水苗族土家族自治县。
5. 军大：指中国人民解放军第二野战军军事政治大学，简称"二野军大"。
6. 隆昌县：位于四川省东南部、内江市的南端。2017年改为隆昌市，为四川省直辖县级市，由内江市代管。
7. 斌：李骝先的弟弟李斌。
8. 鹉：李骝先的五妹李芳妹。

这封家书是1950年2月2日李骝先从四川省纳溪县人民政府写给父亲的，同时他还给大哥写了一封信，装在同一个信封里寄回老家。写完这两封信后不足两个月，李骝先就牺牲在征粮剿匪的第一线。

李骝先的父亲在县城小学教书，兄弟姐妹五人，李骝先排行老三。据李骝先的弟弟李斌介绍，哥哥在家乡上学时喜欢读书，阅读的书刊中有鲁迅的著作，如《呐喊》《狂人日记》《记念刘和珍君》等。他还经常去同班同学、挚友季健家读书和借书。他在初中阶段读过很多文学作品，如巴金的《家》《春》《秋》等，有《莎氏乐府本事》等文学书刊，还有《新青年》杂志等进步书刊。这些文学作品和书刊对他思想觉悟的提高以及语言文字水平的进步起到非常重要的作用。

1949年4月渡江战役后，为夺取全国胜利，接管新解放区，培养干部，由第二野战军在南京创办了二野军大。其前身是中原军事政治大学，由刘伯承兼任校长和政委。1949年6月，二野军大开始在南京招生，上万名知识青年投身其中，李骝先也是他们中的一员。李骝先得知自己和几名校友已被录取时，非常高兴。他简单准备了行李，于6月9日经芜湖赶赴南京，次日到校报到，开始了在二野军大的学习生活。经过学习和军训的锤炼，在预科学习结束后，这些青年分梯队随刘邓大军进军大西南。

李骝先在1949年6月18日给父母的信中写道："前天刘校长伯承将军招集全校学员讲话，刘校长是位矮胖的老年将军，向我们微笑着，很和蔼的样子，他谈到了知识分子和工农大众结合的问题，军大与人民解放军的关系问题以及其它等等。""军大这里的生活是健康的又是美满的。"[1]

李骝先身在革命队伍，除了忠于党的事业外，对弟妹们的学习、生活、成长也十分关心。他在书信中经常教育弟妹们继续升学，若有困难，不能升学，也不要悲观。在写给大哥的信中，他劝大哥在教书进步的同时，要注意对弟妹们的督促和教育。

1949年底，李骝先从二野军大毕业，随军向大西南进军，由湖南进入四川。1950年1月底,他被分配到纳溪县人民政府工作,任县政府秘书。当时,土匪猖獗,四处破坏征粮工作,他主动要求下乡参加征粮剿匪战斗。但由于内奸出卖,李骝先惨遭土匪杀害,牺牲时年仅18岁。透过他留下的20余封满怀激情的家书,一位意气风发、蓬勃向上、追求真理的青年革命者的光辉形象跃然纸上。这一行行饱含深情的文字和潇洒流畅的字形,将他的革命理想永远定格在20世纪50年代初那个火红的年代。

注释

1　摘自1949年6月18日李骝先致父母家书,中国人民大学家书博物馆藏。

向西藏进军坐飞机，不是走路
——1950 年 2 月 10 日齐子瑞致父母

齐子瑞（1919—1955），1919 年生于山东阳谷县，1945 年 7 月参加八路军；1947 年 6 月，他辞别家人，随刘邓大军渡过黄河，挺进大别山。后来齐子瑞参加了解放战争，渡过长江，追击残敌；1950 年初，他随中国人民解放军进军西藏。1955 年，齐子瑞在一次执行公务时被敌人杀害，壮烈牺牲。

父母大人膝下：

　　敬禀者，儿住在四川省犍为县竹根滩，去信三次不知收到否？最近十二日间接到来信二封，打开一看，一切事情尽知，很是欢乐。可是去年向家去信数封，只收回音三次。现本军奉上级命令到西藏驻防三四年，今年通信不方便，因行军交通不便，等明年时常多通些信。因此上级首长给每个军属一封慰问信，免大人挂念。信内还装儿像片两张，收下速来回音。向西藏进军坐飞机，不是走路。毛主席亲说，到三年部队换防，一定转回来，叫各同志回到家探望老少。不和过去情状以〔一〕样，没有敌人啦，全国胜利啦，部队也有安身休息之地。

　　再者，儿身体粗壮，工作顺利，不必惦念。说叫回家，现中国人民还未完全解放，没把革命进行到底，哪能回家呢？十几年都过〈来〉啦，三四年很快就到，只有多通几封信，等全国无有敌人，才可回家探望大人。盼大人身体健康，把儿寄家相片存好，见相片就和面见儿同样。别不多叙。

　　敬请

金安

并问各院老少安

儿　子瑞
卅九年二月十日

　　凤龙[1]母二人不能到，在此处因不到家属队是不能到我处的，路又远也无有路费，只有叫区县政府送到家属队，才可到前方来面见的。

向西藏进军坐飞机，不是走路

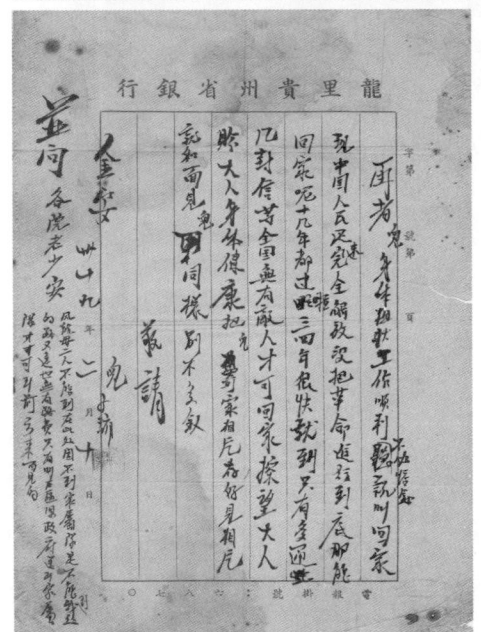

齐子瑞家书

注释

1　风龙：齐子瑞女儿齐桂荣的小名。

齐子瑞（左一）与战友，摄于解放战争时期

  1949年12月底，成都战役结束后，齐子瑞所在的中国人民解放军第二野战军（简称二野）第18军第52师奉命前往四川宜宾安顿。指战员们都很兴奋，还有一个多月就是春节了，大家憧憬着即将在宜宾度过的中华人民共和国成立后的第一个春节。1950年1月8日，部队正准备从四川犍为县出发时，接到了"停止待命"的命令。1月22日，第52师召开干部会议，宣布第18军已接受进军西藏的任务，为此部队开始进行思想动员。此时，齐子瑞一定知道部队要去西藏的任务了，但是他在 1 月 28 日写给父母的一封家书中并没有说明，可能是怕父母担心，只是提到"今后要在行军，还是通讯〔信〕不方便，只有住军时期多多通讯〔信〕"。齐子瑞长期随军转战南北，几年没能回家，家里格外惦念，每次来信都希望他能回家看看。齐子瑞告诉父母，自己所在的部队为野战部队，经常行军打仗，不能及时写信，更没有时间回家，要等全国都解放后才能回家团聚。希望女儿在家一定好好上学读书，长大后为建设祖国作贡献。

上面这封家书使用的是二野第 18 军第 52 师司令部供给处专用信封，并盖有二野军邮专用邮戳，带有明显的时代印迹。虽然家书的语句有些生涩，还夹杂着一些错别字，但其质朴的语言、纯洁的情感，读来令人动容。为了使父母免于挂念，他在信中说"向西藏进军坐飞机，不是走路"，这是善意的谎言，可见他是何等用心。

齐子瑞随军参加了昌都战役，进驻热亚兵站，之后随大部队进入西藏中心地区。他深爱自己年迈的父母亲、妻子、女儿，非常希望得到家中亲人的消息，在信中反复强调收到家中的回音太少。他一直盼望着全国解放的日子，以便回家看望亲人。可惜的是，他没能等到这一天。

到祖国最需要的地方去

——1951年1月17日区德济致父母（节选）

区德济（1929—1989），1929年生于广东云浮县（今广东云浮市）。1951年初，区德济在广东省立法商学院国际贸易系读书期间参军；在武汉空军中南预科总队接受了3个月的入伍训练后，他被分配到北京空军后勤部财务部工作；1956年加入中国共产党；1981年由部队转业到中国银行北京分行计划处工作；1989年12月退休。

吉信留交
父母亲大人安启

亲爱的爸爸妈妈：

在你们接到我这封信的时候，你们已经做了新中国最光荣的爸爸妈妈一分子，这不只是我的爸爸妈妈的光荣，而且也是中国人民的光荣！

告诉你们吧，你们的光荣儿子——德济此次投考军事干部学校已经获得学校保送委员会、广州区保送委员会批准，定于一月十九日离校北上，参加伟大的国防建设工作。

我们知道，中国革命基本上已取得胜利，现在，我们要进行大规模和平建设，向着社会主义、共产主义社会迈进。但是，美帝国主义者是不准我们在和平下进行建设的。……我们为了保家卫国，不能不起来反抗，不能不要加强国防建设，因此，我们要培养大量现代化特种兵，这些兵种必须具有高度文化水平，然后才能掌握现代化武器，故在去年十二月一号，中央人民政府、中国革命军事委员会遂发出号召[1]，招收青年学生参加国防军事干部学校。一个多月来，青年学生志愿参军高潮已普及于全广州市学校、全国青年学生。本院报名参加军干[2]同学共三百八十余人，占全校人数百分之四十七。结果，符合条件被批准的有三十一人。我们国际贸易系一年级报名同学共二十余人，只有我一个人被批准到军干去。

……

我们现在北上，参加空军训练约有两年时间，到彼处后只要我们努力工作、努力学习，全心全意为国防建设而服务，相信将来一定可以掌握现代化军事技术。我们有信心消灭世界上侵略者，有信心保卫世界和平，有信心胜利归来。亲爱的爸爸妈妈，让你们等待着我回来吧！

在报名前，我曾经考虑过两个问题：一是家庭问题，二是学业前途问题，后来经过很久思想斗争，结果获得胜利才去报名的。在此，顺便把思想斗争经过告诉你们吧。

（一）家庭方面——最初，我总舍不得离开温暖的家庭，离不开要我教育的弟弟妹妹，后来，阅读过军干解决问题的文件和接受师长们、同学们的鼓励，我就打通了思想。

因为我要爱我的家庭，要教育我的弟妹，但是，千千万万的家庭更要我去爱护她，千千万万个弟妹正在没有人教育，因此，怎会使我从自私出发，只知爱自己的家庭呢？

在帝国主义一日未消灭以前，我们是没有温暖家庭生活过的。如果国防不巩固，当敌人飞机来轰炸的时候，它会准许我们过温暖生活吗？在中日战争时候，各地沦陷区已见到家散人亡，到这时候还谈什么家庭温暖生活呢？因此，我此次参加国防建设是一件急不容缓的，我去了，不止可以保卫自己的家庭，而且也可以保卫千千万万的家庭，这是一件多么光荣的事情哩！

我在法商[3]读书，同样离开家庭，到军干去也是一样，有何区别？如果一个人被家庭困住了，是做不出什么事情来的，何况我现在去，不是立即上战场，而是去学习。这不过是转换了学习环境而已，我相信，在军事教育下，生活上、学习上都比普通中学、大学更严肃更紧张的，进步一定很快的，我怎么不去争取呢？谈到将来，我掌握了军事技术，不止不怕敌人，而且可以消灭敌人！

……

爸爸妈妈！在今日以前，还未将我此次行动告诉你们，我现在要请求你们原谅。因为我在未去以前通知你们的时候，我恐怕你们太过爱我，舍不得我离开法商，舍不得我离开你们，到更远的地方，或对我此次光荣行动加以阻止，所以，我在临出发前夕，写这封信给你们，请你们放心我去吧！

我这样〈的〉想法不过是我个人的主观吧！我又相信你们不会像我这样测度的想法。如果我当时函告你们的时候，你们可能更会鼓励我。不过，光荣的行动已经成事实了。父母鼓励儿子参军，总是不怕迟的。希望你们今后多多鼓励我，更希望全中国的爸爸妈妈多多鼓励自己的儿子参加到军事干部学校去！

我们部队十九号出发上湖北汉口市或湖南衡阳市。

末了，最后盼望祖母、父母亲珍重身体，为儿子参加国防建设更快乐，好好地教育教育留在家里的儿子们，可能的话，送他们入校多读点书，将来让他们一样跟着大哥走！

日前，接到弟弟来信说：爸爸在一月廿四号来省一行[4]，故将此信托德民大嫂[5]留交你。此致

敬礼！

光荣的儿子 德济 叩上
一九五一年一月十七日

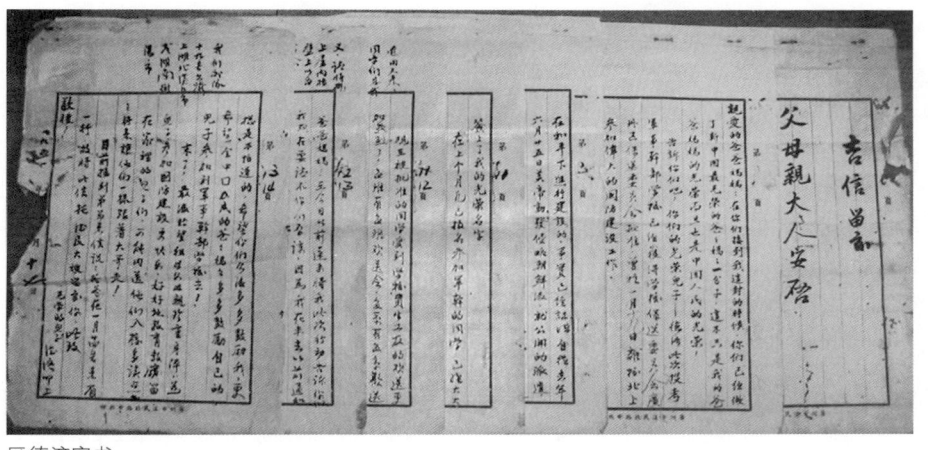

区德济家书

　　区德济就读的广东省立法商学院位于广州市郊石榴岗，那里是一个风景优美、山清水秀、绿树成荫、石榴红艳、花香四溢的小山岗。

　　1950年12月的广州，天气比较寒冷，把人手脚冻得有些麻木。一天，语文老师讲课后，国际贸易系主任谢健弘教授到班上宣布，第二天将召开全体师生员工大会，传达中央人民革命军事委员会的号召，进行"抗美援

区德济刚入伍时留影，1951年1月摄于汉口

注释

1　指中央人民革命军事委员会和政务院1950年12月1日联合发布的《关于招收青年学生、青年工人参加各种军事干部学校的联合决定》。
2　军干：国防军事干部学校的简称。
3　法商：广东省立法商学院的简称，1952年全国院校调整时并入中山大学。
4　来省一行：来广州市一次。
5　德民大嫂：即区德济的堂兄区德民的妻子。

朝，保家卫国"参军的总动员。顿时，全班同学斗志昂扬，热血沸腾，每个同学都要报名当兵，保家卫国。课后，如何"投笔从戎"成了大家谈论的主要话题。次日上午，动员参军大会开始了。会场鸦雀无声，大家都在聆听传达中央的文件和学校的动员报告。会议结束前，同学们高呼"全国人民团结起来，打倒美帝国主义！""抗美援朝，保家卫国！"等口号，持续了很长时间。

　　不到两天时间，法商学院报名参军的同学就达数百人，占学生总人数的一半以上。但由于分配入伍名额有限，全学院只批准了20余人参军，其中就有区德济。许多未获批准的同学虽然不能同时入伍，但都表示争取来日再参军。据当时的报纸报道，广州地区报名参军的青年学生有13000多人，与法商学院一样，由于分配名额有限，全市只批准了1500多人参军。留校读书的同学表示安心学习，一旦祖国需要，

区德济（前排左二）与战友合影，摄于1955年

将随时响应。

　　1951年元旦，广州市委、市政府在广州越秀人民体育场召开欢送大会，时任广东省人民政府主席的叶剑英致辞，各部门负责同志给投军从戎的子弟兵献旗献花。至此，全市欢送大会进入了高潮。大会结束时，全场起立，放声高唱"雄赳赳，气昂昂，跨过鸭绿江；保和平，卫祖国，就是保家乡……"这支当时最流行的军歌，显示了全市军民齐心协力抗美援朝、保家卫国的决心。

区德济夫妇与两个女儿，摄于1969年

　　1月19日，广州市用五彩斑斓的花车，从四面八方把参军的同志送往火车站。快到车站时，沿街站满了欢送的人群，锣鼓响、军乐奏、鞭炮声，汇成奋勇进军的号角，期待胜利的歌声。欢送人群在出征士兵们"再见吧妈妈，别难过，别悲伤，祝福我们平安吧……"的歌声中慢慢散去。

　　火车经过一天的行程，新兵们很快来到入伍训练的基地——位于湖北汉口市郊王家墩机场的军委空军中南预科总队。区德济在这里写了一封家信，不久就收到了父母的回信，两位老人支持他参军，弟妹们也都很高兴，亲戚朋友、左邻右舍也都赞成他参军，到他家中祝贺并慰问，老人深感"儿子参军，全家光荣"。

青年人要找到光明前途

——1951年3月21日李征明致父母

李征明（1930—1953），1930年生于江苏宿迁县侍岭乡（现宿迁市来龙镇）；1950年2月，在徐州东郊解放军青训三队入伍学习，后分配到24军文工团；1952年9月，参加抗美援朝，任志愿军第9兵团第24军第70师201团教导队文化教员，荣立二等功。1953年6月，李征明牺牲于朝鲜，时年23岁。

父母亲：

久未来信了，谅家庭一切均好。前天发下津贴之后，儿随时买了数本书籍以便阅读，又寄数本回家，谅已收到。最近家中又接到旻兄[1]和智弟[2]之信否？我已时间很常〔长〕〈时间〉未收到过他们的信了，谅定也没有什么可以告诉的。昀弟[3]又写信回家否？上次我曾给他一本日记，未见回信，想念祥弟[4]，现在他思想上是否进步？个人态度怎样？只好尽到我们能力帮助，一切在于他的主观努力，也不必过于将时间都发〔花〕在他身上，但我希望他进步，表示一种进步态度。青年人要找到光明前途，惟一〔有〕参加革命工作和各种建设上去，和参加组织更是重要的政治生命。二姐现在有哪些进步，我希〈望〉他〔她〕要好好学习文化和政治，大姐[5]最近写信回家否？我曾去信过，未见回信，现在我在还〔在此〕一切均好，学习也很紧张，没空写信回家，请原谅。

书名数目：（寄回之书是分成四扎寄的）

1. 农村办学经验。

2. 一个办农民文化班的报告。

3. 小学教师实际参考资料

以上三本是送给父亲教学参考用的。

4. 儿童写话课本一二年级上下期共四本。

5. 捉放美国兵。

这五本是给三个小妹分读的。

我自己也买了数本，如《团章讲话》《团结在和平旗帜下》和《青年团向团员要求些什么》《毛泽东思想与作风》等书籍（共计三万余）以求进步，如收到，请来信。

再告 敬祝

春安

明儿 上
1951.3.21

李征明家书

注释

1 旻兄：作者的哥哥李旻，排行老大。
2 智弟：作者的四弟李智，当时也已参军，后赴朝作战。
3 昀弟：作者的三弟李昀，当时在江苏睢宁县城工作，后也报名入伍准备赴朝作战。部队领导了解到他已有两兄弟在朝作战，命其脱去军装，回到原单位上班并照顾父母。1955年考入中国人民大学法律系。
4 祥弟：作者的远房李氏兄弟。
5 大姐：作者的姐姐李昳，排行老二。

李征明（二排中）立功时与战友合影

　　这是中国人民志愿军烈士李征明写给父母的一封家书，内容重点是教导弟弟妹妹们加强读书学习，在思想上追求进步，找到光明前途——早日加入团、党组织。

　　李征明兄妹八人，父亲为师范学校毕业的乡村小学教师，给儿女所取姓名中均带有"日"字偏旁，唯独他弃用旧名，自取"征明"，以示追求进步。李征明生前写给父母和兄弟姐妹的一组家书有幸保存下来，字里行间体现了他对新中国的热爱和拥护，以及对家人的挚爱和眷念，家国情怀扑面而来。特别是他写给3个妹妹的4封家书，不仅有文字，还配有许多图画，显示出作者的才华和意趣。经媒体报道后，大受好评，还被网友称为"最美表情包家书"。

　　不幸的是，李征明牺牲在抗美援朝战争胜利的前夜。据他的家人回忆，1954年1月23日，李征明生前所在部队的战友来信说："征明同志生前在本连任文教工作，上级给予我们担任某前沿阵地防守任务。

但是战争打得很残酷，距敌人只有 600 米左右，住在坑道里同敌人展开冷战……征明同志英勇顽强，机动灵活地完成了防护和冷枪战的任务，我们共同歼灭了无数敌人。征明同志工作积极、认真负责，团结同志……不断受到领导表彰和战友拥戴……后来，我们连队接受了反击任务。当时，我们的战友征明高兴地说：'同志们！好机会到了，我们来个杀敌比赛，看谁打得猛，杀得鬼子多，在这次战斗中立功当英雄。'他的话鼓舞了同志们的士气，人人意气风发，斗志昂扬，坚定了必胜的信念。上级看他决心大，斗志强，就交给了他抢救的任务。1953 年 6 月 23 日晚，我军对五圣山前沿敌阵地发起了猛烈反击。这次消灭了敌人 6 个加强连和 2 个守备连……在战斗中，征明同志英勇顽强，第一次负伤后还坚持战斗，不下火线。他说：'今天流血流汗是光荣的，是为了朝鲜人民的独立，为了祖国的安全建设，使人民和我们的家人过上好日子……'在硝烟弥漫、尘土飞扬的枪林弹雨中，他奋勇抢救伤员，把自己的生命置之度外。第二次负伤，终因伤势过重，救治无效离开了我们。"

祖国人民节衣缩食支援着我们

——1951 年 11 月 15 日少康致父母

少康（1929—2016），原名邵尔谦，又叫邵康、邵亢，1929 年生于北京。1948 年 7 月，少康高中毕业，12 月从北平教育部师资训练所肄业；1949 年 3 月参军入伍，在中国人民解放军第四野战军特种兵炮兵第二师文工队任队员、演员、乐手、创作员。1950 年 10 月，少康随军入朝鲜作战，1953 年 10 月归国。

亲爱父亲和母亲：

　　山中的树都已落尽了最后的几株叶，秃了的落叶松（杉松）耸天而立着，笔直的躯干翘拔的插向天空，好像愤怒的和平人民向侵略者做决死的斗争。泉水淙淙地流着，这就是我们在朝鲜战场唱的那个《长流水》。小松鼠从洞中溜出来，以敏捷的动作在东张西望的找食物。月亮正隐在云端里，忽而露出那偏园〔圆〕的小脸，把它的光芒从树隙里透过来。就在这可爱的月夜，我来怀念着爸爸妈妈。

　　我们新从前线演戏回来，在阵地里演出，把我们最可爱的人——新英雄主义的人物，给创造出英雄形象，叫我们都向他学习，学习他为祖国、为人民、为党的事业、为世界和平而忘我的工作着。因为他们在最危急的时候，他们保卫了我们，决定中国人民的命运。我们的战士，不止会挖阵地、打仗，他还会唱、会愉快的生活，我们部队的文艺工作者，就是一支战场上的文艺大军，用我们的文艺武器揭露了敌人的残暴无能，鼓励了我们的部队翻山越岭，接二连三的打胜仗。

　　我们已穿上了厚厚的棉衣、大衣、高筒皮毛靴子。天气尚不算太冷，时落下一阵阵的寒雨。我们吃的鲅鱼罐头、红烧扣肉罐头、牛肉罐头，还有黄花、蘑菇。这些副食品都是富有滋养的。我们的主食是大米、白面和少数高粱米。祖国人民节衣缩食支援着我们。我们更要好好的打胜仗。

　　敌人的"秋季攻势"在我们的铁拳下粉碎了。十月六号敌人进攻天德山。敌人先以数以万计的炮弹打在山上。守山的英雄们蹲在工事里，专等敌人的炮声停止后的进攻。一片可怕的寂寞，敌人在指挥官督战队的前面怯懦的往山上爬上来。二百米、一百米、五十米、三十米、二十米，开始攻事！机枪吐着火舌，手榴弹扔过去。敌人败退下去。又一次一次的进攻，一个连、一个营、一个团。敌人溃退下去了。恼羞成怒的人，他真没想到美国的天下的第一军（骑一师）在志愿军面前变得这样无能。六号这一天，冲锋就没有次数了。敌人两个团集体冲锋。咻！我们的榴弹炮怒吼了！万斤的钢铁爆炸了，落在敌人群中，火箭炮吐着千条火舌烧红了天边！敌人又溃退了。战争贩子布来德雷[1]不得不宣布"秋季攻势"暂告一段落。

　　……朝鲜战争拖着了敌人的腿，打碎了他侵略全世界计划。他骑虎难下。不和谈就要消灭它！腐朽的敌人——万恶的美帝国主义。我早给它敲响了丧钟，叫它走向坟墓。中国人民、朝鲜人民、全世界爱好和平的人民一定胜利！

　　一年没有见到家中来信，请父母注意身体，小厂、光星[2]读书的成绩怎么样？要他们给我写封信来，尔玫[3]还念书吗？要她好好听话，学过日子。尔钧[4]通信地址何处，要他给我来信。有时间请您回信。

　　（有人回国，时间太短促，信写的太潦草，请原谅。）

致

敬礼

　　　　　　　　　　　　　　　子　少康
　　　　　　　　　　　　　一九五一.十一.十五月夜

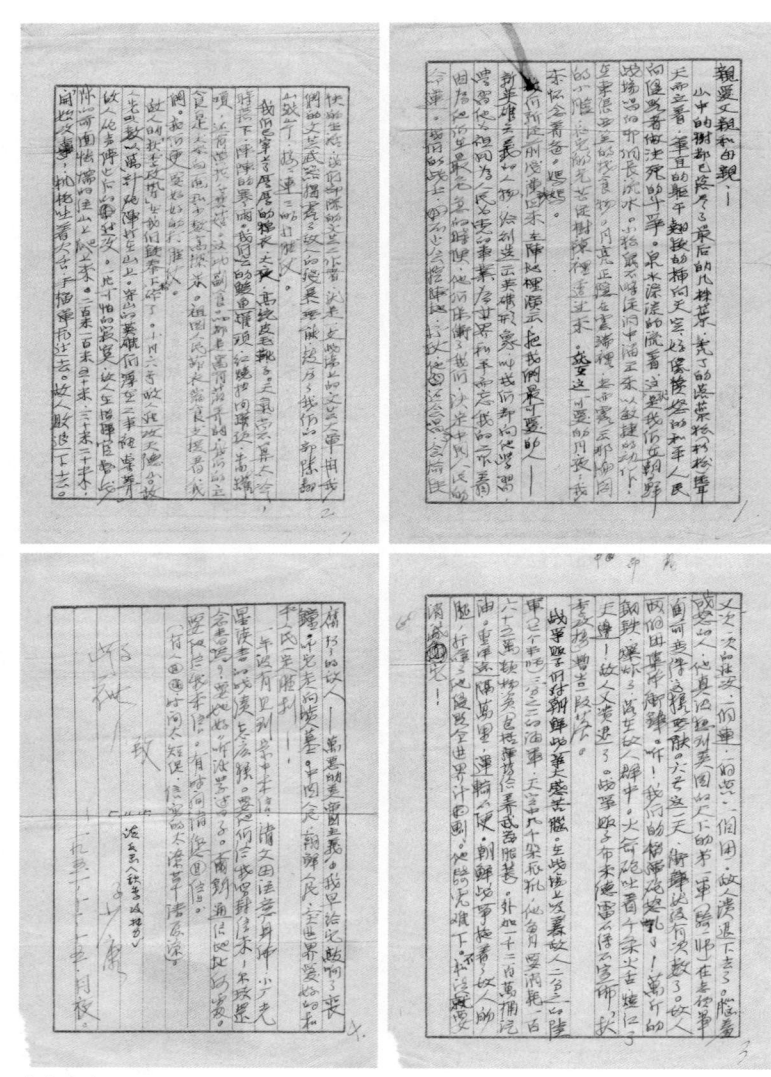

少康家书

注释

1. 布来德雷：即奥马尔·纳尔逊·布莱德雷，时任美国参谋长联席会议主席，在朝鲜战争中参与制定美国军事战略。
2. 小厂（ān）："厂"同"庵"，人名用字，小厂名邵尔厂，是少康的三弟；光星：名邵尔翼，是少康的四弟。
3. 尔玫：邵尔玫，少康的大妹妹。
4. 尔钧：邵尔钧，少康的弟弟。

志愿军欢迎祖国慰问团，少康（中立者）领呼口号，摄于1952年10月

祖国人民节衣缩食支援着我们

　　志愿军入朝鲜作战之初，出于保密需要，总部要求官兵们不许携带有中国文字的书籍、笔记本、书信，所以最初的半年里少康无法给家里写信，以致家中不知少康去了何处，同时他也收不到家中的来信。据家人后来告诉少康，因家里人当时觉得他生死未卜，分外挂念，过年时母亲会单独盛一盘饺子，放到少康的小屋的桌子上，再摆上一个小碟、一双筷子，在他的照片前燃起三炷香，表示心意。少康说，等到我军进行了五次战役后，战局逐渐稳定下来，将士们才有工夫写信。当时，为了保密，信中不能谈战争情况。实际上，少康后来又参与了1952年秋季反击战、1952年上甘岭战役、1953年金城川反击战等，停战后才回国。

　　上面家书中提到的"秋季攻势"，是指联合国军于1951年9月29日开始发动的一次重点战役。当时，联合国军投入大量坦克，采取逐段进攻、逐步推进的战法，首先在西线发动攻势。10月初，志愿军进行了英勇的防御作战，阵地多次易手，一天内连续击退敌人的多次冲锋。少康在信中也提到了相关情况。到 10 月 22 日，经过近 1 个月的英勇奋战，我军共毙伤俘敌 7.9 万余人，敌人的秋季攻势被彻底粉碎。

美国参谋长联席会议主席布莱德雷认为，联合国军这种攻势在战略上是失败的，他在给杜鲁门总统的报告中说：这种占领个别高地的战术，不符合美国在远东的全盘战略。此后，联合国军在长期的对峙作战中，再也不敢冒险发动全线大规模进攻了。

在抗美援朝的战场上，尽管环境非常艰苦，但志愿军战士充满了革命豪气和乐观主义精神。少康主要从事文艺工作，想方设法编排节目，为前线的战友们送上精神食粮。从家书中也可以看出，面对流血和牺牲，将士们更加珍爱生命了，在他们的眼中，阵地上的一花一草，都是美丽的风景。至于松鼠等富有生命的小动物，更是他们亲爱的朋

志愿军文工队小分队演出后合影，摄于 1953 年 4 月

少康（后排中）在家乡与父母兄弟姐妹合影，摄于1958年4月

友。在紧张的战斗间隙，将士们分外想念祖国，思念亲人。少康还曾写过一封给弟弟邵尔钧的家书，详细记述了连续五年在战地过中秋节的情形，文字活泼生动，颇具画面感。

不立功不下战场
——1952年4月29日黄继光致母亲

黄继光(1931—1952),原名黄际广,四川中江县人。1951年3月,黄继光参加中国人民志愿军,7月,作为志愿军第15军第45师135团2营6连通讯员,入朝鲜参战。1952年7月,他加入中国新民主主义青年团,因作战英勇,荣立三等功一次。在1952年10月的上甘岭战役中,为掩护战友前进,黄继光用身体扑向敌人疯狂扫射的枪眼,英勇牺牲,年仅21岁。黄继光后被追认为中国共产党党员,志愿军领导机关还给他追记特等功,并追授"中国人民志愿军特级英雄"称号。

母亲大人：

男于阳历十月26日接到来示[1]，知道家中人都很安康，目前虽然有些少困难，请母亲不要忧愁。想咱在前封建地主压迫下，过着牛马奴隶生活，现在虽有少些困难，〈还〉是能够度过去的。要知道，咱们〈在〉英明共产党、伟大毛主席正确领导下，幸福的日子还在后头呢！

男现在为了祖国人民，需要站在光荣战斗〈的〉最前面，为了全祖国、家中人等过着幸福日子，男有决心在战斗中坚持为人民服务，不立功不下战场。请家中母亲及哥嫂弟弟不必挂念。在革命部队里，上级爱戴如父母，同志之间如亲兄弟一般，一切在祖国人民热爱支援下，虽在战斗中〈也〉是很愉快的。男决心把母亲来示，〈用〉实际行动来回答祖国人民对我们〈的〉关怀和家中对我〈的〉期望。

最后，请母亲大人及全家人等保重身体，并请回示一封，把当地情况、土改没有，及家中哥哥嫂嫂生产比前好吗？□□□□没有？
　□祝
玉体安康

男　际广禀
1952.4.29 于朝鲜
战斗间隙

注释

1　来示：对他人来信的敬称。

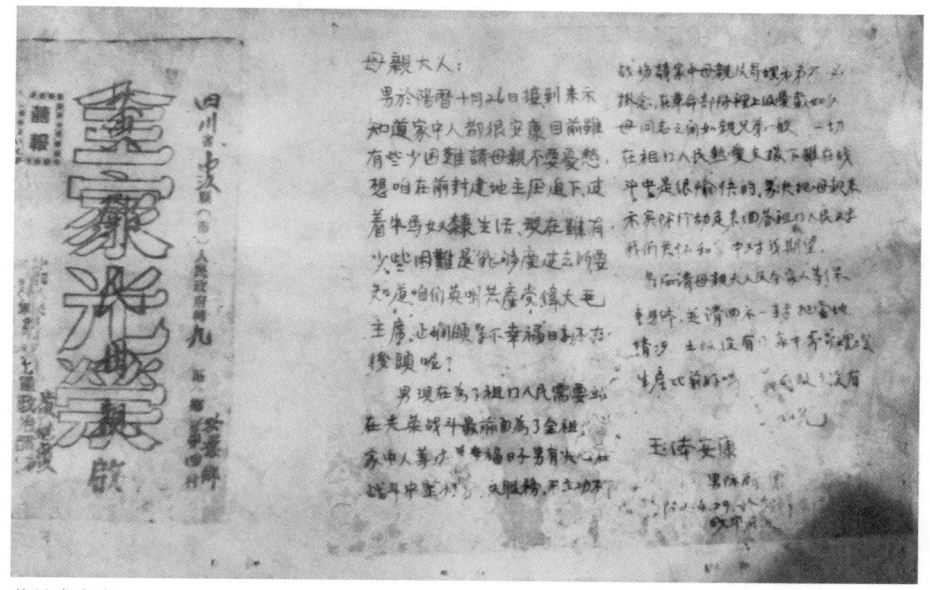

黄继光家书

黄继光 1931 年出生于四川中江县石马乡一个农民家庭。父亲很早就去世了，他在母亲的抚养下长大，10 岁就给地主打工谋生。1949 年底，黄继光的家乡解放了，他积极参加清匪反霸斗争[1]，被选为村儿童团团长，曾带领民兵活捉逃亡地主，搜出伪保长私藏的枪支弹药，被评为民兵模范。

1950 年抗美援朝战争开始后，国内开始在各地征兵。1951 年 3 月，中江县征集志愿军新兵时，黄继光在村里第一个报了名。体检时，他因身高较矮未被选中，但来征兵的营长被黄继光参军的热情所感动，同意破格录取他。

由此，黄继光成为一名志愿军战士，随部队跨过鸭绿江，到达朝鲜前线。他被分配到第 15 军第 45 师 135 团 2 营 6 连担任通讯员，后来又被分配到连队做后勤保障工作。黄继光本来一心想到前沿阵地杀敌立功，经过领导的思想工作，他明白了后勤工作的重要性，样样工作都干得很出色。

战斗间隙，他在部队文书的帮助下，给母亲写下了这封唯一的家书，表达了自己要为祖国人民而战，不立战功不下战场的壮志。信发出5个多月后，1952年10月14日，上甘岭战役开始了。联合国军开始向上甘岭597.9高地和537.7北山高地发动疯狂进攻，志愿军与联合国军展开了激烈的争夺战。10月19日晚，黄继光所在的第2营奉命向597.9高地反击，必须在天亮前占领阵地，为整个反击战的胜利奠定基础。但敌人占据了山顶，机枪喷着火舌疯狂扫射，压制着志愿军反击部队不能前进。眼看负责爆破的战友一个个倒了下去，而天马上就要亮了，黄继光主动请缨担负爆破任务，带着手雷和两名战士爬向敌人的火力点。当离敌人火力点只有三四十米时，一名战士牺牲，另一名战士负重伤，黄继光也多处负伤，左臂被打穿，血流如注。他忍着伤痛，继续向敌火力点前进。接近火力点时，他把手雷投了出去，但是未能完全摧毁敌人的火力点。最终，他拖着重伤的身躯，强忍剧痛，一跃而起，用身体扑向了敌人的枪眼，挡住了敌人的火力，部队乘势前进，攻下了597.9高地，全歼敌守军两个营。

黄继光牺牲后，被追认为中国共产党党员，志愿军领导机关给他追记特等功，并追授"中国人民志愿军特级英雄"称号。2009年9月，黄继光被中央有关部门联合评为"100位新中国成立以来感动中国人物"。

注释

1 清匪反霸斗争：全国解放前后在新解放区开展的大规模的肃清土匪、特务和反对恶霸地主的斗争。

未能想到我家能够照这样一张像
——1952年9月18日许玉成致父母

许玉成（1933—1953），陕西西安人，1949年参加国民党军队，当了一名勤务兵。不久，他成为解放军第二野战军的一名战士。朝鲜战争爆发后，许玉成咬破指头写了血书明志，坚决申请入朝参战。1951年3月，他随大部队跨过鸭绿江，奔赴朝鲜前线。1953年3月，许玉成牺牲于朝鲜战场，年仅20岁。

父母亲大人：

近来身体健康吧。儿曾于9月份接到二姐的来信，并且还有全家人的像片一张。我看了后，感到非常的高兴，未能想到我家能够照这样一张像，全家能够团员〔圆〕的这么好。我看了像，家里的一切情况我都在了解，是〔使〕我的思想上才能够放心，安心的为人民服务。

现在朝鲜的情况大大转变，白天在前线单独的汽车都可以行动，在吃的上大都是以大米白面为主，吃的菜除供给罐头、咸菜、豆腐干、蛋黄粉等各种副食品外，自己种的有洋柿子、洋芋、白菜、萝卜、葱蒜、辣椒、南瓜等各种青菜，并且喂的还有猪。在9月17日前每天都是四顿，9月17〈日〉后每天都是三顿，早起床后一顿豆浆油条，上午饭下午饭都调配开吃的。在我们的衣服上，夏天四套衣服（二套军衣，二套衬衣），冬天一套棉衣、一件大衣、一个〔条〕毛〈裤〉。在鞋子方面，每年一双球鞋、一双解放鞋、二双普通胶鞋，冬天一双棉皮鞋、一双胶棉鞋。在各种的东西供给的都是非常齐全，有啥存啥。每天工作上除了业务外就是学习文化业务二种，并且还可按时看电影。所以在我们的各方面都是非常好的，希〈望〉大人不必挂念，最后希望大人迅速来信，祝大人身体
健康

儿 许玉成
52年9月18日于朝鲜花田里

菊爱、香爱、金成他们都好吧，叫他们也与我来信。

母亲大人：

　　近来身体健康吧。吾曾于9月份接到二哥的来信。当因此有关家人的最近一切我看了后感到非常的高兴。未就想到就做梦思这样一心啊全家就有团圆的这康机。我告了您承谅的一切情况我都道满是，是我的思想上才向够政力，坚如的为人民服务。

　　现在朝鲜的情景改大大更要，由大至前埸单段的汽车都可以行动，吃哈的大部是以大米多为主，吃的菜蔬候姑，罐头，豆杂是高于建蒙蒋芦苇种作皇叶。同己种的有洋种子洋芽，白菜蒜葱蒜柬辣勇南瓜等等种青菜。羊巴农的这管艦。至月12日前百天部是四顿

中间早指的是部是三顿。早起床後一顿是揭油茶，2午都午都都调成间吃的，又我们的衣服上发天四套衣服（二套单衣，二套棉衣）單衣一套棉衣，一件大衣，一用角衣。又鞋子方方，每年一双球鞋二双胶操鞋，二双普通胶战，冬又不双棉底鞋，N双胯绵绳，又否种的東也传给的都是非常之多。有信有啥。每天工作飞踩乃等各列对是罩学文化等等上种至重也可以吐嘻看电影。所以至我们的各方于都是非革好的。家大以外样言。最后都是大人遇去来信。祝长久身体。

　　健康。

儿許玉成 ＊＊年5月18日
初作羊名明

苦来五爱。威嚇如们都好吧。叫他们也笑找生信。

陕西省西安市尚德门第一市场工加号儿

許　錦　華 大人 收

1952.9.13

朝鲜中国人民志愿军
六十九二六七九部零零部玉成缄

许玉成家书

1952年9月随二姐来信寄给许玉成的全家合影

  1951年4月22日，中国人民志愿军发起第5次战役，集中33个师的庞大兵力向敌人展开猛烈进攻，而刚从国内赶来的179师就在其中。1951年5月，许玉成所在的179师连续进行了两次激战，部队相当疲劳。5月21日，部队奉命北撤休整。利用在后方休整的机会，许玉成给家里写了几封信。

  许玉成自从20世纪40年代末离家后从未回家。他所在的志愿军部队曾开拔经过西安，仓促之间他也没能回家，只是用"大禹治水三过家门而不入"的典故向家人解释，同时激励自己。尽管他心中非常想念家人，但为避免家人担心，在信中他只字未提自己参战的经过。

  1952年10月，第60军奉命上前线接防鱼隐山阵地，此地靠近三八线[1]，与美军直接对峙。战士们的首要任务是挖掘坑道，身为卫生员的许玉成除执行本职任务外，也被抽调去搬运器材。冬季的前线大雪纷飞，一个少年在没膝的积雪中扛着几十斤重的炮弹艰难前进，每天要在敌人的炮火下往返40多公里。

  1953年3月底的一个下午，许玉成正在敌人的炮火封锁线下抢救负伤的我军炮手。正紧张包扎着,突然敌人的一颗冷炮打来,弹片击中了他的下左股动脉,顿时鲜血如同泉涌。等到战友和军医得到消息后匆匆赶来,许玉成已失血过多。许玉成被抬上担架送往后方,刚走了几百米,就停止了呼吸。此时敌人的冷炮还在不远处爆炸,情况危急,同志们迫于无奈,只能找块向阳坡地挖了坑,铺上松枝和军用雨布,将他就地掩埋。

许玉成牺牲在了胜利的前夜。第60军回国后,驻扎在南京附近。1955年11月,他的战友邓先珉向部队请了假,专程赶往西安送达许玉成的遗物。迎接他的是许玉成年迈的父母和姐妹们,但许玉成的母亲对儿子的牺牲尚不知情。经许玉成二姐的授意,邓先珉向老母亲编造了一个美丽的谎言:玉成由于表现突出,被部队派往苏联学习,由于任务需要保密,不能和家人联系。

这个谎言一直保持到了1964年。其间由于中苏关系恶化,许母开始怀疑:苏联专家都走了,为什么玉成还没有消息?终于,一切都瞒不住了,得知噩耗后,老母亲整整痛哭了好几夜。据许玉成的妹妹许菊爱说,1995年母亲过世前的几年,她的神志已不太清醒,经常在家里的阳台上遥望远方,嘴里喊着"玉成、玉成!",她仍然在盼着儿子归来啊!

注释

1 三八线:是朝鲜半岛上北纬38度附近的一条军事分界线。原为1945年美国、苏联两国在朝鲜半岛接受日军投降的分界线,后成为朝鲜半岛南北政权之间的军事分界线。朝鲜战争期间,三八线为交战双方争夺焦点。

妈妈！我不是无情的人啊

——1953年2月1日黄海明致婆母

黄海明（1907—1991），湖北枣阳人，1926年加入共青团，1927年加入中国共产党。1926年秋，黄海明进入黄埔军校武汉分校学习，后任湖北省总工会女工纠察队训练队队长、中央独立师女生连连长。1928年6月，黄海明赴苏联学习，1930年回国，任上海工人联合会女工部部长。1933年，她被国民党逮捕入狱，1937年获释。1938年黄海明赴延安，先后进入抗大、中央党校学习，曾任中共中央组织部托儿所所长。抗战胜利后，她先后任山东省妇联福利部部长、省妇联秘书长、省妇联主任等职，后调往北京，任轻工业部干部司副司长、纪检组副组长等职。

亲爱的母亲：

我在全国妇联开会之际，忽然接到你老人家的来信和像片，使我说不出的高兴。但亲爱的妈妈，当我看完了你的信和像片，使我不禁的又落下泪来。

妈妈！我不是无情人，我对更夫同志始终没有忘记过。只因我的身体年来多病，自顾不暇，故没有给你老人家写信去，请加原谅。

我和更夫同志是革命过程中的战友，也是患难中的好夫妻。他牺牲以后我不但没有消极态度对工作，相反的使我更坚强了，我步着他的后尘，踏着他的血迹，抱着对国民党仇恨的心情，为更夫同志报仇，担负起他未完成的事叶〔业〕。妈妈！我不是无情的人啊！请妈妈谅解罢。

曼儿[1]去苏学习再有一年半即可归国，我想待她回国后我同她一起回到叙永[2]一趟，到那时我母子们再谈叙已〔以〕往。你老人家的身体很健康，我们一定可以见面的。妈妈说：把全家聚在一起照个像给我，我很高兴，最好把更夫同志的遗像也洗在上面。

妈妈！写到这里我心十分伤痛，暂时止笔。

儿 黄海明 1／2[3]

妈妈！希将信保存起来 将来给曼儿看。

来信仍寄山东省妇联勿误。

注释

1 曼儿：黄海明和陆更夫的女儿陆曼曼，1932年生，1948年赴苏联留学，1956年毕业于交通大学，后长期从事航天工作，高级工程师。
2 叙永：指四川叙永县，陆更夫的家乡。
3 据陆更夫烈士的侄子陆能介绍，此信写于1953年。

黄海明家书

　　这封家书是黄海明女士写给陆更夫烈士的母亲的。黄海明在赴苏联学习期间，与同在莫斯科学习的陆更夫相识、相恋、结婚。

　　据陆更夫烈士的侄子陆能介绍："大伯从1923年考入成都高师联中，至1932年牺牲，一直靠书信与家中来往。后来家人知道他结婚了，但由于工作需要，他没说新娘是谁。大伯牺牲时才26岁，但家人全然不知他遇难。1950年，我父亲与中组部联系，才知大伯早已牺牲，但留有一女，即我的堂姐陆曼曼。"（张丁编著《图说红色家书》，中国人民大学出版社2016年版，第44页。）

　　陆更夫是四川叙永县人，1925年，他考入黄埔军校第四期政治科学习，同年加入中国共产党。次年毕业，他被分配到叶挺独立团做政治工作，参加北伐战争。1927年底，陆更夫参加了广州起义，后任红四师十一团党代表。1928年，他赴苏联中山大学学习；1930年回国，先后在中共中央北方局、中共中央军委工作；1931年12月，任中共两广省委书记。1932年3月，两广省委机关遭破坏，陆更夫等被捕入狱；7月，陆更夫在广州市东郊石牌村从容就义，年仅26岁。

陆更夫牺牲后，黄海明仍坚持地下斗争，1933年被捕。她带着不满周岁的女儿曼曼，被关进国民党的监狱。1937年七七事变后，国共双方再度合作，国民党释放政治犯，黄海明获释。她出狱后回到老家，在枣阳办起农民夜校，宣传抗日。这期间，她先后动员50多名青年奔赴延安参加革命。

从1950年起，陆家开始积极寻找陆更夫的遗孀和女儿，终于打听到其妻子黄海明在山东省妇联工作，立即去信。1952年，陆家兄妹收到黄海明从山东省妇联寄来的信件，信里提到曼曼已去苏联留学。

1953年2月1日，黄海明又给远在四川叙永县的婆母写了上面这封信，说明自己始终没有忘记牺牲的丈夫陆更夫，强调自己并不是无情的人，只是由于环境不允许，无法跟家里联系。她表示曼曼还有一年半就能学成回国，一定要带她回四川老家看望老人和弟弟妹妹们。通过这封家书，我们能够看出一位妻子对于已经牺牲多年的丈夫的深厚感情，以及一位儿媳对于未曾谋面的婆母的关爱和孝敬。而这一切，都建立在一个革命者对于革命前途的坚定信仰上，有了这种信仰，才有了绵延不绝的爱与传承。

陆更夫（左）1927年在武汉军校时与战友留影

陆更夫赴苏留学留影

妈妈！我不是无情的人啊

黄海明与女儿曼曼，摄于1956年

陆曼曼刚出狱时的留影

响应国家一切号召才是对的

——1955年1月7日李振华致父亲

李振华（1909—1988），山西长治人。1937年6月，李振华参加抗日组织山西牺牲救国同盟会；1938年2月加入八路军，同年12月加入中国共产党。他从战士、文书、司务长、供给员、粮秣股长、军械股长，逐渐成长为解放军第60军第178师司令部管理科科长，还经历了豫北战役、临汾战役、太原战役、扶眉战役、成都战役、川西剿匪等战役。1950年4月至1953年5月，李振华先后在四川广汉县、绵竹县和什邡县（今什邡市）任职；1953年6月至1954年10月，进入中央政法干部学校学习；1954年11月任四川省高级人民法院民事审判庭副庭长；1956年9月，赴位于重庆的中共中央第七中级党校学习1年；1981年，当选自贡市政协委员，1988年去世。

父亲大人：

去年十二月十三日你的来信，于本月廿四日我收到了，信内一切敬悉。未及时给你来信，原因是等棉衣收到后才给你来信，所以等候现在。

棉衣是今年，一九五五年一月三日收到的，近三天来因开会学习时间很紧张，无空将信写好，今晚抽出时间，给你写了信，敬告你先道，请勿念吧。

你信谈道咱们卖给国家余粮七百斤，这是应当的。国家正在建设之际，特别是重工业建设需要更多的资金和粮食供应，解决工厂工人和国家军队的需要，起到一定的保证。加上解放台湾就更需要了。现在这样作〔做〕，今后更应该继续积极作〔做〕下去，对个人有利，对国家有利。

又谈到地土入了社啦，下年有好处。你这话说的很对，今后农民所走的光明道路只有参加农叶〔业〕合作社，增加生产，多打粮食，增加收入，改善生活，才是长远幸福生活的美满社会。所以以后在农叶〔业〕生产方面集体劳动、克服保守和狭隘思想，提高社会主义和爱国主义思想。

不但自己这样作〔做〕，更应该起些带头作用，因为咱家有参加国家工作的人，因此不能落后如〔于〕别人。要告诉发则、狮则、岱海、小存、登云等提高觉悟，很快参加合作社，是最好的。不要有其他怀疑等等不正确语论，说话要合乎社会前进的要求，响应国家一切号召才是对的。

大人年老，请注意保养身体，少生闭〔闷〕气。看不惯的事，想开些。新社会的许多事情和旧社会有些不同，自己看不惯，主要是封建思想在作怪，下决心去克服，增加新社会的因素。

近来我们在外各方都好。你的三个孙子吃的好，很活泼，请不要惦念。

代问前后院和东院老少人等均安，并祝你身体健康，精神愉快。等成都至宝鸡铁路在一二年通了车，来成都看看。

致以

敬礼

儿 李振华
55年1.7

我在家盖的那床棉被子，给我六叔父盖了吧，以后我还你，怕他冬天冷。

李振华家书

这是李振华在四川省高级人民法院工作时，收到父亲从山西老家的来信后写的一封回信。写完这封信不久，李振华就调到自贡市中级人民法院任院长。

像李振华这样的共产党员，在抗日战争的时候投身革命，又经过解放战争的洗礼，他们目睹了中国共产党和人民军队发展壮大的伟大历程，自身也在革命的大熔炉中经受了锻炼，收获了成长，对于党的宗旨和目标坚信不疑。中华人民共和国的成立，对于他们来说，就是多年的奋斗目标实现了，就要甩开膀子大干一场了。李振华不仅自己激情满怀地投入新中国的建设中，而且劝导、督促家人也要跟上时代的步伐，不能落在后面。1955年初，正值国家实行农业集体化政策，号召农民加入农业合作社的时候。他给在山西老家的父亲写信，不要对有些事情看不惯、想不通，要以国家大局为重，转变旧思想，提高

李振华（前排中）与同事合影

觉悟，积极进步。

1979年，李振华写道："我为我们党坚持和发展实事求是的优良传统作风的伟大魄力而欢欣鼓舞，这标志着我们党是生气勃勃的、光明发达的党。我作为一个长期受到党的培养教育的党员，对于党的革命事业，我有献出生命的义务……虽然我年近七十，但我还活着，身体还好，还能做一些事。我要在党中央领导下，为实现四个现代化贡献力量。过去虚度了二十年，我誓将自己有限之年弥补虚度的时光，直至自己生命的最后一息。共产党人的晚节必须保持，希领导理解我的心情，接受我要工作的要求。"（张丁主编《红色家书背后的故事》，人民出版社2011年版，第215—216页。）

李振华全家福，1956年摄于自贡

图书在版编目（CIP）数据

红色家书：致我的父母 / 张丁编著 . -- 北京：红旗出版社，2025.7. -- ISBN 978-7-5051-5479-7

Ⅰ . I266

中国国家版本馆 CIP 数据核字第 2025JN6988 号

书　　名	红色家书：致我的父母
	HONGSE JIASHU: ZHI WO DE FUMU

编　　著　张　丁

出 版 人	蔡李章	策　　划	王晓宇
责任编辑	杨　迪	责任校对	徐娅敏
文字编辑	周诗佳　张　颖	责任印务	金　硕
出版发行	红旗出版社		
地　　址	北京市沙滩北街 2 号	邮政编码	100727
	杭州市体育场路 178 号	邮政编码	310039
编辑部	0571-85310467	发行部	0571-85311330
E－m a i l	hqcbs@8531.cn		
法律顾问	北京盈科（杭州）律师事务所	钱　航　董　晓	
图文排版	浙江新华图文制作有限公司		
印　　刷	浙江至美包装彩印有限公司		
开　　本	710 毫米×1000 毫米　1/16		
字　　数	133 千字	印　　张	9.25
版　　次	2025 年 7 月第 1 版	印　　次	2025 年 7 月第 1 次印刷
ISBN 978-7-5051-5479-7		定　　价	32.00 元